DOUZE CONTES VAGABONDS

Paru dans Le Livre de Poche :

L'Automne du patriarche
Chronique d'une mort annoncée
La Mala Hora
L'Aventure de Miguel Littin, clandestin au Chili
L'Amour aux temps du choléra
Le Général dans son labyrinthe
De l'amour et autres démons
Journal d'un enlèvement

GABRIEL GARCÍA MÁRQUEZ

Douze Contes vagabonds

TRADUITS DE L'ESPAGNOL (COLOMBIE)
PAR ANNIE MORVAN

GRASSET

L'édition originale de cet ouvrage a paru en 1992 aux Éditions Mondadori España. S. A. Avda. de Alfonso XIII, 50, Madrid, sous le titre :

DOCE CUENTOS PEREGRINOS

Prologue

Pourquoi DOUZE
pourquoi des CONTES
et pourquoi VAGABONDS

Les douze contes qui composent l'ouvrage que voici ont été écrits au long de ces dix-huit dernières années. Avant leur forme actuelle, cinq d'entre eux ont été des récits publiés dans la presse et des scénarios de films, et un sixième est à l'origine d'un feuilleton pour la télévision. Il y a quinze ans, lors d'un entretien enregistré au magnétophone, j'ai raconté l'un d'eux à un ami qui l'a transcrit et publié, puis je l'ai récrit à partir de cette version. Ce fut une curieuse expérience de création qui mérite d'être expliquée, ne serait-ce que pour que les enfants qui veulent devenir écrivains sachent dès à présent combien le vice de l'écriture est insatiable et abrasif.

La toute première idée m'est venue au début des années soixante-dix, à la suite d'un rêve lumineux. Je vivais depuis cinq ans à Barcelone et, dans mon rêve, j'assistais à mes propres funérailles, à pied, en compagnie d'un groupe d'amis vêtus de grand deuil, dans une ambiance de fête. Nous semblions tous heureux d'être ensemble, et moi plus que quiconque à cause de cette merveilleuse occasion que me donnait la mort d'être avec mes amis latino-américains, mes plus vieux et mes plus chers amis, ceux-là mêmes que je n'avais pas vus depuis si longtemps. A la fin de la cérémonie, lorsqu'ils commencèrent à partir, je voulus les suivre mais l'un d'eux me signifia avec une sévérité sans appel que pour moi la fête était finie. « Tu es le seul qui ne peut partir », me dit-il. Alors je compris que mourir c'est ne plus jamais revoir ses amis.

Je ne sais pourquoi j'ai interprété ce rêve exemplaire comme une prise de conscience de mon identité, et pensé que c'était là un point de départ intéressant pour écrire sur les étranges événements dont les Latino-Américains sont en Europe les protagonistes. La découverte était engageante car j'avais depuis peu achevé *L'Automne du patriarche*, le travail le plus difficile et le plus périlleux qu'il m'ait été donné d'entreprendre, et je ne savais pas par quel bout continuer.

Pendant deux ans environ j'ai pris des notes sur des sujets qui me venaient à l'esprit, sans définir ce que j'en ferais. Comme, le soir où j'ai décidé de me mettre à l'ouvrage, je n'avais pas de carnet de notes sous la main, mes enfants m'ont prêté un de leurs cahiers d'écolier. De crainte qu'il ne s'égare, ils l'emportaient toujours dans leur sacoche de livres lors de nos fréquents voyages. Au bout d'un certain temps je me suis retrouvé avec soixante-quatre thèmes narratifs consignés avec une telle abondance de détails qu'il ne me restait plus qu'à les écrire.

C'est en 1974, au Mexique, à mon retour de Barcelone, qu'il m'est apparu que ce livre, au contraire de ce que j'avais d'abord envisagé, ne devait pas devenir un roman mais un recueil de contes brefs s'appuyant sur le genre journalistique et libérés de leur enveloppe mortelle grâce aux astuces de la poésie. J'avais, jusque-là, écrit trois livres de contes. Pourtant, aucun des trois n'avait été conçu et réalisé comme un tout, et chaque conte était un récit autonome et circonstanciel. De sorte que l'écriture des soixante-quatre thèmes pouvait devenir une aventure fascinante à condition que je puisse tous les écrire d'une même plume et leur donner une unité interne de ton et de style qui les eût rendus inséparables dans la mémoire du lecteur.

Les deux premiers contes, *La trace de ton sang dans la neige* et *L'été heureux de Mme Forbes*, ont été écrits en 1976 et publiés aussitôt à travers le monde dans des suppléments littéraires. Je travaillais sans relâche, et à la moitié du troisième, celui de mes funérailles, ma fatigue était plus grande que si j'avais entrepris un roman. La même chose s'est produite avec le quatrième. Au point que je n'ai pas eu la force de les achever. Aujourd'hui je sais pourquoi : l'effort pour écrire un conte est aussi intense que celui qu'exige le début d'un roman. Car dans le premier paragraphe d'un roman il faut tout définir : structure, ton, style, rythme, longueur, et parfois même le caractère d'un personnage. La suite appartient au plaisir d'écrire, le plus intime et le plus solitaire qui soit, et si l'on ne passe pas le restant de ses jours à corriger le livre c'est parce qu'il faut s'imposer, pour le terminer, la même implacable rigueur que pour le commencer. Le conte, en revanche, n'a ni commencement ni fin : il fonctionne ou ne fonctionne pas. Et s'il ne fonctionne pas, l'expérience personnelle et celle d'autrui nous enseignent que, dans la plupart des cas, mieux vaut tout recommencer à zéro, ou le jeter à la poubelle. Quelqu'un, dont je ne me rappelle plus le nom, l'a fort bien exprimé par une phrase de consolation : « On apprécie un bon écrivain à ce qu'il déchire plus qu'à ce qu'il publie. » Il est vrai que je n'ai déchiré ni mes brouillons ni mes notes, mais j'ai fait pire : je les ai relégués dans l'oubli.

Je me souviens que le cahier est resté sur mon bureau, au Mexique, enfoui sous une montagne de feuilles de papier, jusqu'en 1978. Un jour, en cherchant autre chose, je me suis rendu compte que je l'avais perdu de vue depuis un certain temps. Je n'y ai pas accordé d'importance. Mais, une fois convaincu qu'il n'était pas sur ma table, j'ai été saisi d'une véritable panique. La maison a été mise sens dessus dessous. Nous avons fouillé les meubles, vidé la bibliothèque pour être sûrs qu'il ne s'était pas glissé derrière des livres, et soumis les employés de maison et nos amis à d'impardonnables inquisitions. Aucune trace du cahier. La seule explication possible – ou plausible – était qu'au cours d'un de ces nettoyages par le vide dont je suis coutumier, le cahier eût atterri au fond d'une poubelle.

Je m'étonnai de ma réaction : les thèmes narratifs, que j'avais oubliés pendant presque quatre ans, devinrent pour moi une affaire d'honneur. Voulant à tout prix les récupérer, je me suis lancé dans un travail aussi difficile que leur écriture, et je suis parvenu à reconstituer les notes de trente d'entre eux. Comme ce travail de reconstitution me servait en quelque sorte de purge, j'éliminais peu à peu et sans états d'âme ceux qui me semblaient irrécupérables, et il en resta dix-huit. Cette fois, la volonté me poussait à les écrire d'une seule traite, mais je me suis vite aperçu que l'enthousiasme m'avait quitté. Cependant, et à l'encontre de ce que j'avais toujours conseillé aux jeunes écrivains, je n'ai pas jeté ces brouillons à la poubelle mais les ai archivés. Au cas où.

Lorsque j'ai commencé *Chronique d'une mort annoncée*, en 1979, j'ai constaté qu'entre un livre et un autre je perdais l'habitude d'écrire et qu'il m'était de plus en plus difficile de me remettre au travail. Alors, entre octobre 1980 et mars 1984, je me suis imposé la discipline d'écrire chaque semaine un récit pour des journaux de différents pays, afin de garder la main. J'ai cru, sur ces entrefaites, que mes démêlés avec les notes du cahier étaient un problème de genre littéraire, et qu'au lieu d'en faire des contes je ferais mieux de les destiner à la presse. Mais après avoir publié cinq récits inspirés du cahier, j'ai de nouveau changé d'avis : ils convenaient mieux au cinéma. C'est ainsi que sont nés cinq films et un feuilleton de télévision.

Mais je n'avais pas prévu qu'écrire pour la presse et pour le cinéma m'obligerait à opérer certains changements dans les contes, au point qu'en leur donnant leur forme définitive j'ai dû prendre soin de bien séparer les idées qui m'appartenaient de celles que m'avaient apportées les metteurs en scène pendant que je travaillais sur les scénarios. Au surplus, la collaboration simultanée de cinq cinéastes différents m'a permis d'entrevoir une autre méthode pour écrire les contes : j'en commençais un quand j'avais du temps libre, l'abandonnais lorsque je me sentais fatigué ou lorsque surgissait un projet inattendu, puis j'en commençais un autre. En un peu plus d'un an, six des dix-huit sujets que j'avais conservés ont fini dans la corbeille, dont celui de mes funérailles car je ne suis jamais parvenu à les transformer en réjouissances comme dans mon rêve. Les autres, en revanche, semblaient acquérir un souffle de longévité.

Ce sont les douze contes de ce livre. Au mois de septembre 1991 et après deux autres années de travail discontinu, ils étaient prêts à être publiés. Et ils auraient sans doute achevé leur incessant vagabondage entre mon bureau et la corbeille si, au dernier moment, je n'avais été saisi d'un doute ultime. Comme j'avais décrit les différentes villes d'Europe où ils se déroulent en faisant appel à ma mémoire et de loin, j'ai voulu mettre à l'épreuve la fidélité de souvenirs vieux de presque vingt ans, et j'ai fait un rapide voyage de reconnaissance à Barcelone, Genève, Rome et Paris.

Ni les unes ni les autres n'avaient plus rien à voir avec le souvenir que j'en avais. Toutes, de même que toute l'Europe aujourd'hui, étaient rendues étranges par une surprenante inversion : les souvenirs réels me paraissaient des fantômes de la mémoire tandis que les faux souvenirs étaient si convaincants qu'ils avaient supplanté la réalité. Si bien qu'il m'était impossible de discerner la frontière entre désillusion et nostalgie. Et pourtant, je tenais la solution. J'avais enfin trouvé ce qui me manquait pour terminer mon livre et que seul le cours des ans pouvait me donner : la perspective du temps.

A mon retour, après ce voyage heureux, j'ai récrit tous les contes du début à la fin en huit mois fébriles au long desquels je n'ai eu nul besoin de me demander où finit la vie et où commence l'imagination, car j'étais aidé par le doute que tout ce que j'avais vécu en Europe vingt ans auparavant fût vrai. L'écriture est devenue alors si fluide que par moments je me sentais emporté par le simple plaisir de la narration, qui est peut-être l'état de l'homme qui s'apparente le plus à la lévitation. De plus, en travaillant tous les contes en même temps, en passant de l'un à l'autre avec la plus grande liberté, j'ai obtenu une vue panoramique qui m'a sauvé de la fatigue des débuts successifs et m'a aidé à traquer les redondances paresseuses et les contradictions mortelles. Je crois avoir ainsi réussi le recueil de contes qui se rapproche le plus de celui que j'ai toujours voulu écrire.

Le voici, dans sa parure finale après tant d'avatars, d'aventures et de luttes pour survivre aux perversités de l'incertitude. Tous, sauf les deux premiers, ont été achevés en même temps, et chacun porte la date à laquelle je l'ai commencé. L'ordre dans lequel ils figurent ici est celui du cahier de notes.

J'ai toujours cru que chaque version d'un conte est meilleure que la précédente. Comment savoir alors quelle doit être la dernière? C'est un secret du métier qui n'obéit pas aux lois de l'intelligence mais à la magie de l'intuition, pareille à celle de la cuisinière qui sait quand la soupe est prête. De toute façon, et pour parer à toute éventualité, je ne les relirai pas, de même que je n'ai jamais relu aucun de mes livres par crainte de me repentir de les avoir écrits. Les lecteurs sauront qu'en faire. Par bonheur, pour ces douze contes vagabonds, finir au fond d'une corbeille doit ressembler au soulagement de se retrouver chez soi.

G.G.M.
Cartagena de Indias, avril 1992

BON VOYAGE,
MONSIEUR LE PRÉSIDENT

Il était assis sur un banc de bois, à l'ombre des feuilles jaunes du parc solitaire, plongé dans la contemplation des cygnes poussiéreux, les deux mains appuyées sur le pommeau d'argent de sa canne, et songeant à la mort. Lors de son premier séjour à Genève le lac était diaphane et serein, les mouettes, paisibles, venaient picorer dans sa main, et les filles de joie paraissaient des sylphides de six heures du soir avec leurs volants d'organdi et leurs ombrelles en soie. A présent, aussi loin que portait sa vue, la seule femme accessible était une marchande de fleurs sur le quai désert. Il lui en coûtait de croire que le temps avait pu faire de pareils ravages dans sa vie comme dans le monde.

Il n'était qu'un inconnu de plus dans la ville des inconnus célèbres. Il portait le costume bleu marine à rayures blanches, le gilet de brocart et le chapeau dur des magistrats à la retraite. Il avait la moustache altière des mousquetaires, une chevelure bleutée et fournie aux ondulations romantiques, des mains de harpiste avec à l'annulaire gauche une alliance de veuf, et des yeux pétillants. Seule la fatigue de la peau trahissait son état de santé. Même ainsi, à soixante-treize ans, il conservait l'élégance du grand monde. Ce matin-là, pourtant, il se sentait à l'abri de toute vanité. Les années de gloire et de pouvoir étaient demeurées à jamais en arrière, et seules lui restaient celles de la mort.

Il était revenu à Genève après deux guerres mondiales, en quête d'un diagnostic définitif sur une douleur que les médecins de la Martinique ne parvenaient pas à identifier. Il avait cru que cela demanderait, tout au plus, une quinzaine de

jours, mais depuis six semaines il allait d'examens épuisants
en résultats incertains dont nul n'entrevoyait la fin. Ils tra-
quaient la douleur dans le foie, les reins, le pancréas, la pros-
tate, partout sauf là où elle était. Jusqu'à ce jeudi indésirable
où le médecin le moins réputé parmi tous ceux qui l'avaient
examiné lui fixa rendez-vous à neuf heures du matin dans le
service de neurologie.

Le cabinet ressemblait à une cellule de moine, et le médecin, lugubre et de petite taille, avait la main droite plâtrée à
cause d'une fracture du pouce. Lorsqu'il éteignit la lumière
apparut sur l'écran la radiographie lumineuse d'une colonne
vertébrale qu'il ne reconnut pas comme étant la sienne
jusqu'à ce que le médecin désigne de sa baguette, au-dessous
de la taille, la jonction de deux vertèbres.

– Votre douleur vient d'ici, lui dit-il.

Pour lui, rien n'était moins évident. Sa douleur était
indescriptible et fuyante, elle semblait se poser tantôt sur le
côté droit tantôt dans le bas-ventre, et souvent elle le surprenait par un coup fulgurant à l'aine. Le médecin l'écouta et
attendit, la baguette immobile sur l'écran. « Voilà pourquoi
elle nous a trompés pendant si longtemps, dit-il. Mais à présent nous savons qu'elle est là. » Puis, appuyant le bout de
son index sur sa tempe, il précisa : « Bien que la rigueur
nous dise, monsieur le Président, que toute douleur est logée
ici. »

Sa démarche clinique avait un caractère à ce point dramatique que la sentence finale passa pour indulgente : le Président devait se soumettre à une intervention périlleuse mais
inévitable. Celui-ci voulut savoir quels en étaient les risques
et le vieux médecin l'enveloppa d'un halo d'incertitude.

« Je ne saurais vous le dire avec précision », lui dit-il.

Puis il souligna qu'il n'y avait pas si longtemps, les
risques d'accidents mortels étaient encore grands, et plus
encore ceux de paralysies diverses plus ou moins graves.
Mais les progrès de la médecine au cours des deux dernières
guerres avaient relégué ces craintes au passé.

« Soyez tranquille, conclut-il. Mettez vos affaires en ordre
et prévenez-moi. Mais n'oubliez pas : le plus tôt sera le
mieux. »

Ce n'était pas la bonne matinée pour digérer cette mauvaise nouvelle, d'autant moins par ce temps déplorable. Il était sorti très tôt de l'hôtel, sans pardessus, parce qu'il avait entrevu un soleil radieux par la fenêtre. Il se rendit de son pas mesuré du chemin du Beau-Soleil, où se trouvait l'hôpital, au Parc anglais, refuge des amoureux furtifs. Il était là depuis une bonne heure, songeant toujours à la mort, lorsque survint l'automne. Le lac se hérissa tel un océan pris de fureur, et un vent de désordre épouvanta les mouettes et emporta les dernières feuilles. Le Président se leva, cueillit une des marguerites du parterre municipal au lieu de l'acheter à la fleuriste, puis la piqua au revers de sa veste. La marchande le prit sur le fait.

« Ces fleurs ne sont pas celles du bon Dieu, monsieur, lui dit-elle, contrariée. Elles appartiennent à la mairie. »

Il fit la sourde oreille. Il s'éloigna à grandes enjambées légères, en tenant sa canne par le milieu et en la faisant de temps à autre tournoyer avec une désinvolture quelque peu libertine. Sur le pont du Mont-Blanc, l'on baissait en toute hâte les drapeaux de la Confédération pris de folie dans la bourrasque, et l'élégant jet d'eau couronné d'embruns s'éteignit plus tôt que de coutume. Le Président ne reconnut pas son café habituel sur le quai car on avait relevé l'auvent de toile verte et fermé les terrasses estivales bordées de fleurs. Dans la salle, les lampes étaient allumées en plein jour, et le quatuor à cordes jouait un Mozart prémonitoire. Le Président prit sur le comptoir un journal de la pile réservée aux clients, pendit son chapeau et sa canne au perroquet, chaussa ses lunettes à monture d'or pour lire assis à la table la plus à l'écart, et prit alors conscience que l'automne était arrivé. Il commença par lire la page des informations internationales où il lui arrivait parfois de trouver quelque nouvelle des Amériques, et poursuivit sa lecture à l'envers, de la dernière à la première page, en attendant que la serveuse lui apporte sa bouteille quotidienne d'eau d'Évian. Depuis plus de trente ans, sur ordre de ses médecins, il avait renoncé à l'habitude du café. Mais il avait déclaré : « Si un jour j'ai la certitude de ma mort prochaine, j'en boirai de nouveau. » L'heure était peut-être arrivée.

« Apportez-moi aussi un café », commanda-t-il dans un français parfait. Et il précisa, sans remarquer le double sens de sa phrase : « Un café à l'italienne, comme pour réveiller un mort. »

Il le but sans sucre, à petites gorgées, puis il retourna la tasse sur la soucoupe afin que le marc, après tant d'années, prît le temps d'y inscrire sa destinée. La saveur retrouvée l'arracha l'espace d'un instant à ses sombres pensées. Un moment plus tard, comme sous l'empire du même sortilège, il sentit que quelqu'un l'observait. Alors, il tourna la page d'un geste machinal, leva les yeux par-dessus ses lunettes et vit l'homme, pâle, mal rasé, coiffé d'une casquette de sport et vêtu d'une veste en peau de mouton, qui détourna aussitôt le regard pour ne pas croiser le sien.

Son visage lui était familier. Ils s'étaient aperçus à maintes reprises dans le couloir de l'hôpital et il l'avait revu un jour sur un vélomoteur, suivant la promenade du Lac alors qu'il contemplait les cygnes, mais il ne s'était jamais senti reconnu. Toutefois, il n'écarta pas la possibilité que ce fût là l'un des nombreux fantasmes de persécution qui s'attachent aux exilés.

Il finit de lire son journal sans hâte, ravi par la somptuosité des violoncelles de Brahms, jusqu'à ce que la douleur l'eût emporté sur l'effet analgésique de la musique. Alors, il consulta la petite montre en or qu'il portait attachée à une chaîne dans le gousset de son gilet, et prit les deux calmants de la mi-journée avec la dernière gorgée d'eau d'Évian. Avant d'ôter ses lunettes il lut son avenir dans le marc du café, et un frisson glacé lui courut dans le dos : l'incertitude était là. Enfin, il régla l'addition, laissa un pourboire de pingre, prit la canne et le chapeau pendus au perroquet et sortit sans regarder l'homme qui le regardait. Il s'éloigna d'un pas solennel, longea les parterres de fleurs déchiquetées par le vent et se crut délivré de l'envoûtement. Mais soudain il perçut un bruit de pas derrière lui, s'immobilisa en passant le coin de la rue et se retourna. L'homme qui le suivait dut s'arrêter net afin de ne pas le heurter, et le fixa, bouleversé, à quelques centimètres de ses yeux.

« Monsieur le Président, murmura-t-il...

– Dites à ceux qui vous paient de ne pas se faire d'illusions, dit le Président sans perdre son sourire ni le ton amène de sa voix. Je suis en parfaite santé.

– Nul ne le sait mieux que moi, répondit l'homme, médusé par le poids de la dignité qui s'abattait soudain sur lui. Je travaille à l'hôpital. »

La diction, la prosodie, voire la timidité, étaient celles d'un Caribéen de pure souche.

« Ne me dites pas que vous êtes médecin, dit le Président.

– Ah je voudrais bien l'être, monsieur, dit l'homme. Hélas, je ne suis que chauffeur d'ambulance.

– Excusez-moi, dit le Président, s'apercevant de son erreur. C'est un travail très dur.

– Moins dur que le vôtre, monsieur. »

Le Président le dévisagea sans la moindre réserve et, prenant appui des deux mains sur sa canne, il s'enquit avec un intérêt sincère :

« D'où êtes-vous?

– Des Caraïbes.

– Ça, je m'en suis rendu compte, dit le Président. Mais de quel pays?

– Du même que le vôtre, monsieur, dit l'homme en lui tendant la main. Je m'appelle Homero Rey. »

Surpris, le Président l'interrompit en serrant la main tendue.

« Ça alors! Quel nom superbe! »

Homero se détendit.

« Et ce n'est pas tout, ajouta-t-il : Homero Rey de la Casa. »

Le poignard de l'hiver les surprit sans défense en pleine rue. Un grand frisson parcourut le Président jusqu'à la moelle des os, et il comprit qu'il ne serait pas capable de franchir sans pardessus la centaine de mètres qui le séparait de la gargote de pauvres où il avait l'habitude de prendre ses repas.

« Avez-vous déjeuné? demanda-t-il à Homero.

– Je ne déjeune jamais, dit Homero. Je mange une fois par jour, le soir, chez moi.

– Faites une exception pour aujourd'hui, lui dit-il, le charme à fleur de peau. Je vous invite. »

Il le prit par le bras et le conduisit jusqu'au restaurant d'en face, dont le nom figurait en lettres dorées sur l'auvent de toile : Le Bœuf couronné. L'intérieur était étroit et chaleureux mais aucune table ne semblait libre. Homero Rey, étonné que personne ne reconnaisse le Président, s'avança jusqu'au fond de la salle pour demander de l'aide.

« C'est un président en exercice? demanda le patron.

– Non, dit Homero. C'est un président déchu. »

Le patron eut un petit rire entendu.

« Pour ceux-là, dit-il, j'ai toujours une table spéciale. »

Il les conduisit vers un endroit isolé au fond de la salle où ils pourraient bavarder à loisir. Le Président le remercia.

« Tout le monde ne reconnaît pas comme vous la dignité de l'exil », dit-il.

La spécialité de la maison était la côte de bœuf à la braise. Le Président et son invité jetèrent un regard autour d'eux et virent sur les autres tables les grands morceaux de viande grillée bordés d'un peu de graisse tendre. « La viande est magnifique, dit le Président. Mais elle m'est interdite. » Il fixa sur Homero un regard espiègle et changea de ton.

« En fait, tout m'est interdit.

– Le café aussi vous est interdit, dit Homero, et pourtant vous en buvez.

– Vous l'avez remarqué? dit le Président. C'est qu'aujourd'hui j'ai fait une exception, parce que c'est un jour exceptionnel. »

L'exception du jour ne fut pas que le café. Il commanda aussi une côte de bœuf à la braise et une salade de légumes frais sans autre assaisonnement qu'un filet d'huile d'olive. Son invité commanda la même chose, et une demi-carafe de vin rouge.

Tandis qu'ils attendaient la viande, Homero sortit de la poche de sa veste un porte-monnaie sans un billet mais bourré de papiers, et montra au Président une photo décolorée. Il se reconnut, en manches de chemise, avec plusieurs kilos en moins, le cheveu et la moustache d'un noir profond, au milieu d'une foule de jeunes gens dressés sur la pointe des pieds pour mieux se montrer. Au premier coup d'œil, il reconnut l'endroit, reconnut les emblèmes d'une campagne électorale exécrable, se souvint de la date fatidique. « Quelle horreur! murmura-t-il. J'ai toujours dit qu'on vieillit plus vite sur les portraits que dans la vie. » Et il lui rendit la photo d'un geste de dernier acte.

« Je me souviens très bien, dit-il. C'était il y a une éternité, dans l'enclos des coqs de combat de San Cristóbal de las Casas.

– C'est mon village, dit Homero, en se désignant sur la photo. Tenez, ici, c'est moi. »

Le Président le reconnut.

« Mais vous n'étiez qu'un gamin!

– Presque, dit Homero. J'ai fait toute la campagne du Sud à vos côtés en tant que dirigeant des brigades universitaires. »

Le Président devança le reproche.

« Et moi, bien entendu, je ne vous voyais même pas.

– Au contraire, vous étiez très gentil avec tout le monde, dit Homero. Mais nous étions si nombreux que vous ne pouvez pas vous souvenir de moi.

– Et ensuite?

– Qui mieux que vous connaît l'histoire? dit Homero. Après le coup d'État militaire, c'est un miracle que nous soyons ici, vous et moi, prêts à dévorer la moitié d'un bœuf. Tout le monde n'a pas eu cette chance. »

Au même moment on apporta les plats. Le Président noua la serviette autour de son cou comme s'il s'agissait d'un bavoir et fut sensible à l'étonnement muet de son invité. « Si je ne faisais pas cela, j'esquinterais une cravate à chaque repas », dit-il. Avant de commencer, il vérifia la cuisson de la viande, l'approuva d'un geste de satisfaction et revint à son propos.

« Ce que je ne m'explique pas, dit-il, c'est pourquoi vous ne m'avez pas abordé plus tôt au lieu de me suivre comme un limier. »

Alors Homero raconta qu'il l'avait reconnu dès qu'il l'avait vu pénétrer dans l'hôpital par une porte réservée aux cas tout à fait exceptionnels. C'était en plein été et il portait le costume de lin blanc des Antilles, des chaussures bicolores noir et blanc, une marguerite piquée à la boutonnière, et sa belle chevelure était tout ébouriffée par le vent. Homero apprit que son interlocuteur était seul à Genève, sans la moindre assistance, car il connaissait comme sa poche la ville où il avait terminé ses études de droit. La direction de l'hôpital avait pris, à sa demande, des mesures administratives afin de lui garantir l'incognito. Le soir même, Homero et sa femme s'étaient entendus pour entrer en contact avec lui. Mais l'homme l'avait suivi pendant cinq semaines dans l'attente d'une occasion propice et n'aurait sans doute pas osé le saluer si le Président n'avait pris les devants.

« Je suis ravi que vous l'ayez fait, dit le Président, même si la solitude ne m'est désagréable en aucune manière.

– Ce n'est pas juste.

– Pourquoi? demanda le Président avec sincérité. La plus grande victoire de ma vie est d'avoir réussi à me faire oublier.

– Nous pensons à vous plus que vous ne l'imaginez, dit Homero sans dissimuler son émotion. C'est merveilleux de vous voir comme ça, jeune et en bonne santé.

– Pourtant, dit le Président sans emphase dramatique, tout indique que je mourrai dans peu de temps.

– Vous avez de grandes chances de vous en sortir », dit Homero.

Le Président eut un sursaut de surprise mais ne se départit pas pour autant de son esprit.

« Allons donc! s'écria-t-il. Ne me dites pas que dans la belle Suisse le secret médical a été aboli.

– Dans aucun hôpital au monde il n'y a de secrets pour un chauffeur d'ambulance, répondit Homero.

– Eh bien, moi, ce que je sais je l'ai appris il y a tout juste deux heures et de la bouche même de la seule personne autorisée à le savoir.

– En tout cas, vous ne mourrez pas en vain, dit Homero. Vous aurez la reconnaissance qui vous est due et vous demeurerez comme un grand exemple de dignité. »

Le Président feignit un étonnement amusé.

« Merci de me prévenir. »

Il mangeait comme il accomplissait toute chose : avec lenteur et une extrême préciosité. Dans le même temps, il regardait Homero droit dans les yeux, si bien que celui-ci avait l'impression de voir ses pensées. Au terme d'un long échange d'évocations nostalgiques, il esquissa un sourire malicieux.

« J'avais décidé de ne pas m'inquiéter de mon cadavre, dit-il, mais à présent je vois bien qu'il me faudra prendre quelques précautions dignes d'un roman policier afin que nul ne puisse le découvrir.

– Ce sera peine perdue, plaisanta à son tour Homero. A l'hôpital aucun mystère ne persiste plus d'une heure. »

Le café bu, le Président lut le fond de sa tasse et un nouveau frisson courut sur son dos : le message n'avait pas changé. Toutefois, l'expression de son visage n'en fut pas altérée. Il paya cash l'addition, non sans avoir vérifié le total à plusieurs reprises, compté les billets plusieurs fois avec un soin excessif et laissé un pourboire qui lui valut un grognement du garçon.

« Ce fut un plaisir, conclut-il en prenant congé d'Homero. La date de l'opération n'est pas encore arrêtée, et d'ailleurs je n'ai pas encore décidé si je vais accepter ou pas. Mais si tout se passe bien, nous nous reverrons.

– Et pourquoi pas avant? dit Homero. Lázara, ma femme, cuisine chez des riches. Elle prépare le riz aux crevettes comme personne et nous aimerions vous avoir à dîner un de ces soirs.

– Les fruits de mer me sont interdits, mais j'en mangerai avec le plus grand plaisir, dit-il. Quel soir?

– Je ne travaille pas le jeudi, précisa Homero.

– Parfait, dit le Président. Je serai chez vous jeudi à sept heures. Je m'en réjouis d'avance.

– Je viendrai vous chercher, dit Homero. Hôtellerie Dames, 14, rue de l'Industrie. Derrière la gare. C'est bien ça?

– C'est bien ça, dit le Président, et il se leva, plus enjôleur que jamais. Si je comprends bien, vous connaissez même la pointure de mes souliers.

– Mais bien entendu, monsieur, répondit Homero d'un ton rieur : quarante et un. »

Ce qu'Homero Rey ne dit pas au Président mais raconta pendant des années à qui voulut bien l'entendre, c'est que sa première intention n'était pas innocente. Comme tous les autres chauffeurs d'ambulance il était de mèche avec des entreprises de pompes funèbres et des compagnies d'assurances dont il vendait les services dans l'hôpital même, de préférence à des malades étrangers ne possédant que de maigres ressources. C'étaient des bénéfices minimes qu'il fallait en outre partager avec d'autres employés, ceux qui faisaient circuler sous le manteau les dossiers confidentiels des patients atteints de maladie grave. Mais c'était un lot de consolation pour un exilé sans avenir qui survivait à grand-peine avec sa femme et ses deux enfants en percevant un salaire ridicule.

Lázara Davis, son épouse, fut plus réaliste. C'était une fine mulâtresse de San Juan de Puerto Rico, menue mais robuste, qui avait la couleur du caramel au repos et des yeux de chienne intrépide qui s'accordaient fort bien à sa manière d'être. Ils s'étaient connus dans les services d'aide sociale de l'hôpital, où elle travaillait comme fille de salle après qu'un rentier de son pays, qui l'avait engagée et emmenée comme gouvernante, l'avait abandonnée à Genève. Homero et Lázara s'étaient mariés selon le rite catholique, bien qu'elle fût une princesse yoruba, et ils vivaient dans une salle à manger et deux chambres au huitième étage sans ascenseur d'un immeuble d'immigrés africains. Ils avaient une petite fille de neuf ans, Barbara, et un garçon de sept ans, Lázaro, qui présentait de légers signes de débilité mentale.

Lázara Davis avait de l'intelligence et un mauvais caractère, mais elle était bonne comme le bon pain. Elle se considérait comme un parfait exemple de Taureau et croyait dur comme fer à ses prédictions astrologiques. Pourtant, elle n'avait pu réaliser son rêve de gagner sa vie comme astrologue pour millionnaires. En revanche, il lui arrivait d'arrondir les fins de mois, et de gagner de temps à autre de coquettes sommes, en préparant des repas pour des dames fortunées qui brillaient auprès de leurs invités en leur faisant croire qu'elles cuisinaient de leurs mains d'appétissants plats antillais. Homero était d'une nature timide et se bornait à faire le peu qu'il faisait, mais Lázara ne concevait pas la vie sans lui à cause de l'innocence de son cœur et du calibre de son engin. Ils s'en étaient bien tirés, mais l'avenir s'annonçait pourtant plus difficile d'année en année et les enfants grandissaient. A l'époque où ils rencontrèrent le Président, ils avaient commencé à grignoter cinq années d'économies. De sorte que, du jour où Homero Rey le reconnut parmi les malades de l'hôpital préservant leur incognito, ils se bercèrent d'illusions.

Ils ne savaient pas au juste ce qu'ils voulaient lui demander, ni de quel droit. Dans un premier temps, ils avaient pensé lui vendre des funérailles complètes, embaumement et rapatriement inclus. Mais peu à peu ils s'étaient rendu compte que la mort ne semblait pas aussi imminente qu'ils l'avaient d'abord cru. Le jour du déjeuner, ils étaient assaillis de doutes.

A la vérité, Homero n'avait jamais été dirigeant des brigades universitaires ni de rien qui leur ressemblât, et sa seule participation à la campagne électorale eut lieu le jour où fut prise la photographie qu'ils avaient retrouvée par miracle dans le fouillis d'un placard. Toutefois, sa ferveur était authentique, comme était authentique le fait qu'il eût dû s'enfuir du pays pour avoir participé à la résistance populaire contre le coup d'État militaire, même si la seule raison pour laquelle ils vivaient toujours à Genève au bout de si nombreuses années était sa pauvreté d'esprit. De sorte qu'un mensonge de plus ou de moins n'aurait pu faire obstacle aux faveurs du Président.

Leur première surprise à tous deux fut de découvrir que l'illustre exilé vivait dans un hôtel de troisième catégorie dans le triste quartier de la Grotte, parmi des immigrés asiatiques et des papillons de nuit, et qu'il mangeait seul dans des gargotes minables, alors que Genève regorgeait de résidences dignes d'hommes politiques tombés en disgrâce. Homero l'avait vu accomplir jour après jour sa routine quotidienne. Il l'avait suivi, et parfois à une distance fort peu prudente, dans ses promenades nocturnes au long des murs lugubres de la vieille ville recouverts de grappes de campanules jaunes. Il l'avait vu, plongé dans ses pensées des heures durant, au pied de la statue de Calvin. Il avait grimpé pas à pas derrière lui l'escalier de pierre lorsque, enivré par le parfum des jasmins, le Président s'attardait à contempler les longs crépuscules d'été du haut de Bourg-le-Four. Un soir, il le vit, fouetté par la première pluie, sans pardessus ni parapluie, faire la queue avec les étudiants pour écouter un concert de Rubinstein. « Je ne sais pas comment il n'a pas attrapé une pneumonie », dit-il plus tard à sa femme. Le samedi précédent, alors que le temps avait commencé à se gâter, il l'avait vu acheter un pardessus de demi-saison à col de faux vison, non pas dans les boutiques illuminées de la rue du Rhône où les émirs de passage faisaient leurs courses, mais au marché aux puces.

« Alors, il n'y a rien à faire! s'exclama Lázara après avoir écouté le récit d'Homero. C'est un sale radin capable de se faire enterrer aux frais de l'Assistance publique dans une fosse commune. On ne lui soutirera jamais rien.

– C'est peut-être un vrai pauvre, dit Homero. Ça fait longtemps qu'il est sans travail.

– Écoute, mon vieux, dit Lázara, être Poisson ascendant Poisson c'est une chose, mais être con c'en est une autre. Tout le monde sait qu'il s'est tiré avec l'or du gouvernement et que c'est l'exilé le plus riche de la Martinique. »

Homero, qui était de dix ans son aîné, avait grandi avec l'image émouvante d'un président ayant fait ses études à Genève en gagnant sa vie comme ouvrier du bâtiment. En revanche, Lázara avait été élevée parmi les scandales d'une presse ennemie qu'amplifiait une maison ennemie où elle travaillait comme bonne d'enfants depuis son enfance. De sorte que le soir où Homero rentra en suffoquant de joie parce qu'il avait déjeuné avec le Président, elle ne releva pas le fait qu'il l'avait invité dans un restaurant cher. Elle lui reprocha de n'avoir rien demandé de tout ce dont ils avaient rêvé, des bourses d'études pour les enfants à l'octroi d'un meilleur travail à l'hôpital. Elle voyait là une confirmation de ses soupçons sur la décision du Président de livrer son cadavre aux charognards plutôt que de dépenser ses francs suisses pour être enterré dans la dignité et rapatrié dans la gloire. Mais qu'Homero lui annonce, en finale, qu'il avait invité le Président à manger un riz aux crevettes le jeudi suivant fut la goutte d'eau qui fit déborder le vase.

« Il ne nous manquait plus que ça, s'écria Lázara, qu'il nous claque entre les doigts, ici, empoisonné par des crevettes en conserve et qu'on doive l'enterrer avec les économies des enfants. »

A la fin, ce fut la force de sa loyauté conjugale qui décida de sa conduite. Elle dut demander à une voisine de lui prêter trois couverts d'argent et un saladier de cristal, à une autre une cafetière électrique, à une autre encore une nappe brodée et un service à café chinois. Elle décrocha les vieux rideaux, en accrocha des neufs qu'elle n'utilisait que pour les jours de fête, et débarrassa les meubles de leurs housses. Elle passa une journée entière à frotter les parquets, essuyer la poussière, changer les objets de place, jusqu'à obtenir tout le contraire de ce qui eût été leur intérêt, c'est-à-dire émouvoir l'invité par le décorum de leur pauvreté.

Le jeudi soir, après s'être remis de l'essoufflement des huit étages, le Président se présenta à la porte avec son nouveau pardessus, son chapeau melon d'autrefois et une rose pour Lázara. Sa beauté virile et ses manières de prince l'impressionnèrent mais elle le vit surtout tel qu'elle s'était attendue à le voir : chafouin et grippe-sou. Elle le trouva impertinent parce qu'elle avait cuisiné les fenêtres grandes ouvertes afin d'éviter que la vapeur de crevettes n'imprègne toute la maison, et qu'à peine entré son premier geste fut de respirer à fond, comme s'il succombait à une extase soudaine en même temps qu'il s'écriait les yeux fermés et les bras en croix : « Ah, ça sent bon la mer de chez nous! » Elle le trouva plus ladre que jamais parce qu'il ne lui avait apporté qu'une rose, à coup sûr volée dans un jardin public. Elle le trouva insolent à cause du dédain que lui inspirèrent les coupures de journaux sur ses gloires présidentielles, les fanions et les banderoles de la campagne qu'Homero avait cloués avec une grande candeur au mur de la salle à manger. Elle lui trouva le cœur dur parce qu'il ne dit pas même bonsoir à Barbara et à Lázaro qui lui avaient confectionné un cadeau de leurs mains, et qu'au cours du dîner il mentionna deux choses qui l'insupportaient : les chiens et les enfants. Elle le détesta. Son sens caribéen de l'hospitalité l'emporta toutefois sur ses préjugés. Elle avait revêtu le boubou africain des soirs de fête, s'était parée de ses colliers et de ses bracelets sacrés, et durant le dîner elle n'eut ni une parole ni un geste de trop. Plus qu'irréprochable, elle fut parfaite.

En vérité, le riz aux crevettes ne faisait pas partie des fleurons de sa cuisine, mais elle l'avait préparé avec les meilleures intentions, et c'était une réussite. Le Président se servit deux fois sans ménager ses compliments, et il s'extasia sur les rondelles de bananes frites et la salade d'avocat, sans toutefois partager leur nostalgie. Lázara se contenta d'écouter jusqu'au moment où, au dessert, Homero s'engouffra d'une manière intempestive dans la voie sans issue de l'existence de Dieu.

« Moi, oui, je crois qu'il existe, dit le Président, mais qu'il n'a rien à voir avec l'homme. Ce sont les grands desseins qui l'occupent.

– Eh bien moi, je ne crois qu'aux astres, dit Lázara, et elle guetta la réaction du Président. Quel jour êtes-vous né?

– Un 11 mars.

– J'en étais sûre, dit Lázara dans un sursaut de triomphe, puis elle demanda d'un ton enjoué : deux Poissons autour d'une même table, n'est-ce pas beaucoup? »

Les hommes poursuivirent leur conversation sur Dieu après qu'elle se fut retirée dans la cuisine pour faire du café. Elle avait débarrassé la table des restes de nourriture et désirait de toute son âme que la soirée s'achève bien. En revenant dans la salle à manger avec le café, elle surprit une phrase du Président qui la laissa bouche bée :

« N'en doutez pas, mon cher ami, ce qui est arrivé de pire à notre pauvre pays c'est de m'avoir eu pour président. »

Homero aperçut, dans l'embrasure de la porte, Lázara qui tenait les tasses chinoises et la cafetière empruntées, et il crut qu'elle allait s'évanouir. Le Président aussi le remarqua. « Ne me regardez pas ainsi, madame, lui dit-il d'un ton animé. Je suis on ne peut plus sincère. » Puis, se retournant vers Homero, il conclut : « C'est encore heureux que je paie très cher mon aberration. »

Lázara servit le café, éteignit la suspension au milieu de la table, car sa lumière inclémente gênait la conversation, et la salle à manger demeura dans un clair-obscur intime. Pour la première fois elle s'intéressa à son invité dont le charme ne parvenait pas à dissimuler la tristesse. La curiosité de Lázara s'accrut encore lorsque, après avoir bu son café, il retourna la tasse sur la soucoupe afin que le marc s'y dépose.

Après le dîner, le Président leur raconta qu'il avait choisi l'île de la Martinique comme terre d'exil en raison de son amitié avec le poète Aimé Césaire qui, en ce temps-là, venait de publier *Cahier d'un retour au pays natal*, et l'avait aidé à commencer une nouvelle vie. Grâce à ce qui restait d'un héritage transmis à son épouse, ils achetèrent sur les collines de Fort-de-France une maison de bois noble aux fenêtres grillagées avec, surplombant la mer, une terrasse pleine de fleurs primitives où il faisait bon s'endormir bercé par le tintamarre des grillons et la brise aux senteurs de mélasse et de rhum des moulins à sucre. Il s'y installa avec sa femme, qui avait quatorze ans de plus que lui et ne s'était jamais remise de ses uniques couches, et se protégea du destin derrière le rempart de la relecture perverse des classiques latins en latin, convaincu qu'il jouait là le dernier acte de sa vie. Des années durant, il dut résister aux tentations d'aventures en tout genre auxquelles ses partisans déchus le conviaient.

« Mais je n'ai plus jamais décacheté une seule lettre, dit-il. Plus jamais à partir du moment où j'ai compris que même les plus urgentes devenaient moins urgentes au bout d'une semaine et que deux mois plus tard celui qui les avait écrites ne s'en souvenait même plus. »

Il regarda Lázara dans la lumière tamisée lorsqu'elle alluma une cigarette qu'il saisit d'un geste avide des doigts. Il aspira une profonde bouffée et retint la fumée au fond de sa gorge. Lázara, étonnée, prit les allumettes et le paquet de cigarettes pour en allumer une autre mais il lui rendit la sienne. « Vous fumez avec un tel plaisir que je n'ai pu résister à la tentation », lui dit-il. Mais, pris d'une quinte de toux, il ne put supporter la fumée.

« J'ai abandonné ce vice depuis de nombreuses années, mais lui ne m'a pas tout à fait abandonné, dit-il. De temps en temps il lui arrive d'avoir raison de moi. Comme à présent. »

Deux autres quintes le secouèrent. La douleur était revenue. Le Président regarda l'heure à sa petite montre de gousset et prit ses deux comprimés du soir. Puis il scruta le fond de la tasse : rien n'avait changé, mais cette fois il ne frissonna même pas.

« Certains de mes anciens partisans m'ont succédé à la présidence, dit-il.

– Sáyago, compléta Homero.

– Sáyago et quelques autres. Et tous ont fait la même chose que moi : ils ont usurpé un honneur que nous ne méritions pas en exerçant un métier que nous ne savions pas faire. Certains ne briguaient que le pouvoir, la plupart moins encore : un emploi. »

La moutarde monta au nez de Lázara.

« Savez-vous ce que l'on dit de vous? » lui demanda-t-elle.

Homero, affolé, intervint :

« Ce sont des mensonges.

– Des mensonges, oui et non, dit le Président avec un calme céleste. S'agissant d'un président, les pires ignominies peuvent être les deux à la fois : vérité et mensonge. »

Il avait vécu tout le temps de l'exil à la Martinique sans autre contact avec l'extérieur que les rares nouvelles du journal progouvernemental, gagnant sa vie grâce à des cours d'espagnol et de latin dans un lycée public et à des traductions que, de temps à autre, lui confiait Aimé Césaire. Au mois d'août la chaleur était insupportable, et jusqu'à midi il demeurait dans son hamac à lire sous le murmure des pales du ventilateur de sa chambre à coucher. Sa femme s'occupait, même aux heures les plus chaudes, des oiseaux qu'elle élevait en liberté, protégée du soleil par une large capeline de paille ornée de fraises artificielles et de fleurs d'organdi. Mais lorsque la chaleur tombait il faisait bon prendre le frais sur la terrasse, lui les yeux fixés sur la mer jusqu'au moment de scruter les ténèbres, elle dans sa berceuse de rotin, avec sa capeline trouée et des bagues fantaisie à chaque doigt, à regarder passer les bateaux du monde. Elle disait : « Celui-ci se dirige vers Puerto Santo. » Ou encore : « Celui-là c'est à peine s'il peut avancer avec son chargement de bananes de Puerto Santo. » Car elle ne pouvait envisager que passe un bateau qui ne fût pas de son pays. Il faisait la sourde oreille, bien qu'à la fin elle parvînt à oublier mieux que lui car elle perdit la mémoire. Ainsi s'attardaient-ils jusqu'à ce que s'éteignent les crépuscules tapageurs, et ils devaient alors, vaincus par les moustiques, chercher refuge à l'intérieur de la maison. Au cours d'un de ces nombreux mois d'août, alors qu'il était en train de lire le journal sur la terrasse, le Président bondit de surprise.

« Nom d'une pipe, s'écria-t-il, je suis mort à Estoril! »

Son épouse, qui flottait entre deux rêves, fut épouvantée par la nouvelle. Six lignes en cinquième page du journal que l'on imprimait en bas de chez lui, qui publiait parfois ses traductions et dont le directeur lui rendait visite de temps en temps, annonçaient sa mort à Estoril, station balnéaire près de Lisbonne et repaire de la décadence européenne, où il n'était jamais allé et qui était peut-être le seul endroit au monde où il n'aurait pas voulu mourir. Son épouse mourut pour de bon un an plus tard, torturée par un dernier souvenir qu'elle semblait avoir gardé pour cet instant : celui de leur fils unique qui avait participé au renversement de son père et que fusillèrent plus tard ses acolytes.

Le Président soupira : « Nous sommes ainsi faits et rien ne pourra nous faire changer. Un continent né des déjections du monde sans le moindre soupçon d'amour : des enfants conçus entre ennemis dans un concert d'enlèvements, de viols, de traitements infâmes, de mensonges. » Il affronta le regard d'Africaine de Lázara qui le scrutait sans pitié, et tenta de la rasséréner de sa faconde de vieux professeur.

« Le mot métissage signifie larmes mêlées de sang versé. Que peut-on attendre d'un tel breuvage? »

Lázara le cloua sur place d'un silence de mort. Mais peu avant minuit elle parvint à se ressaisir, et elle lui dit au revoir en l'embrassant du bout des lèvres. Le Président refusa qu'Homero le reconduise à son hôtel mais ne put l'empêcher de l'aider à héler un taxi. De retour chez lui, Homero trouva sa femme décomposée par la rage.

« Aucun président n'a mieux mérité d'être renversé que celui-ci, dit-elle. C'est un bel enfant de putain. »

En dépit des efforts que déploya Homero pour la calmer, ils passèrent une terrible nuit blanche. Lázara reconnaissait que c'était un des hommes les plus beaux qu'elle eût jamais vus, avec un pouvoir de séduction dévastateur et une virilité d'étalon. « Vieux et foutu comme il est, au lit il doit encore se comporter comme un tigre », dit-elle. Mais elle croyait qu'il avait gaspillé ces dons du ciel en faux-semblants. Elle ne pouvait supporter ses rodomontades quand il prétendait avoir été le pire président du pays. Ni ses prétentions d'ascète, car elle était convaincue qu'il possédait la moitié des sucreries de la Martinique. Ni son hypocrite mépris envers le pouvoir car, à l'évidence, il aurait tout donné pour reprendre la présidence ne fût-ce qu'une minute, et faire mordre la poussière à ses ennemis.

« Et tout ça, conclut-elle, pour nous avoir à sa botte.

– Mais qu'aurait-il à y gagner? demanda Homero.

– Rien. Mais la coquetterie est un vice qui ne se laisse jamais apaiser. »

Sa colère était telle qu'Homero ne put la supporter davantage dans son lit et passa le reste de la nuit enveloppé dans une couverture sur le divan de la salle à manger. Lázara se leva à l'aube, nue des pieds à la tête, ainsi qu'elle avait l'habitude de dormir et de vivre chez elle, et se mit à parler toute seule, comme livrée à un monologue ininterrompu. A un certain moment, elle effaça de la mémoire de l'humanité toute trace du dîner indésirable. Dans la matinée, elle rendit les objets prêtés, remplaça les rideaux neufs par les vieux, remit les meubles en place, et la maison redevint aussi pauvre et décente qu'elle l'avait été jusqu'à la veille au soir. Enfin, elle arracha du mur les coupures de journaux, les portraits, les fanions et les banderoles de la campagne abominable et jeta le tout à la poubelle en poussant un cri final :

« Putain de merde! »

Une semaine après le dîner, Homero trouva le Président qui l'attendait à la sortie de l'hôpital pour le prier de l'accompagner jusqu'à son hôtel. Ils montèrent trois étages par un escalier raide jusqu'à une chambre mansardée dont le vasistas s'ouvrait sur un ciel de cendre, et où du linge séchait accroché à une corde tendue d'un mur à l'autre. Il y avait en outre un lit à deux places qui occupait la moitié de l'espace, une chaise toute simple, une cuvette, un bidet portatif et une pauvre armoire à glace dont le miroir avait perdu son tain. Le Président remarqua l'étonnement d'Homero.

« C'est la cellule où j'ai vécu mes années d'étudiant, lui dit-il comme pour s'excuser. Je l'ai réservée de Fort-de-France. »

Il prit une bourse en velours et étala sur la table le reliquat final de ses ressources : plusieurs bracelets en or incrustés de diverses pierreries, un collier de perles à trois rangs, deux autres en or et en pierres précieuses, trois chaînettes d'or avec des médailles saintes, une paire de boucles d'oreilles en or ornées d'émeraudes, une autre de diamants et une troisième de rubis; deux reliquaires et un médaillon, onze bagues aux montures magnifiques et variées, un diadème en brillants qui aurait pu être celui d'une reine. Puis il sortit d'un étui trois paires de boutons de manchette en argent et deux en or avec les épingles de cravate assorties, ainsi qu'une montre de gousset ouvragée en or blanc. Il y avait encore, dans une boîte à chaussures, ses six décorations : deux en or, une en argent, le reste de pacotille.

« Voilà tout ce qui me reste dans la vie », dit-il.

Il n'avait d'autre solution que de tout vendre pour payer les frais médicaux, et il voulait qu'Homero lui rende ce service avec la plus grande discrétion. Mais Homero se déclara incapable de lui être agréable sans des factures en bonne et due forme.

Le Président expliqua que sa femme avait hérité les bijoux d'une aïeule qui avait vécu aux temps des colonies et reçu en héritage un paquet d'actions de mines d'or colombiennes. La montre, les boutons de manchette et les épingles de cravate lui appartenaient. Les décorations, bien sûr, n'avaient auparavant été le bien de personne.

« Qui posséderait les factures de tels objets? » dit-il.

Homero se montra inflexible.

« Dans ce cas, dit le Président, il ne me reste plus qu'à le faire moi-même. »

Il ramassa les bijoux avec une maîtrise calculée.

« Je vous prie de me pardonner, mon cher Homero, mais il n'y a pire pauvreté que celle d'un président pauvre, dit-il. Même survivre semble indigne. »

Alors, n'écoutant que son cœur, Homero rendit les armes.

Ce soir-là, Lázara rentra tard. De la porte d'entrée, elle aperçut les bijoux étincelants sous la lumière mercurielle de la salle à manger, et ce fut comme si elle avait entrevu un scorpion dans son lit.

« Tu es complètement fou, s'écria-t-elle, effrayée. Qu'est-ce que ces machins-là font ici? »

L'explication d'Homero l'alarma plus encore. Elle s'assit pour examiner les bijoux un à un, avec une méticulosité d'orfèvre. Puis elle poussa un soupir : « Ça doit valoir une fortune. » Enfin elle regarda Homero un bon moment sans parvenir à exprimer sa colère.

« Putain de merde, dit-elle enfin. Comment savoir si ce que dit cet homme est vrai?

– Et pourquoi ça ne le serait pas? répliqua Homero. Je viens de voir qu'il lave son linge lui-même et l'étend dans sa chambre comme nous, sur une corde.

– Par radinerie, dit Lázara.

– Ou par pauvreté », dit Homero.

Lázara examina de nouveau les joyaux, mais avec moins d'attention car elle aussi venait de perdre la bataille. C'est ainsi que le lendemain matin elle revêtit sa plus belle tenue, se para des bijoux qui lui paraissaient les plus chers, passa à chaque doigt autant de bagues qu'ils pouvaient en porter et autant de bracelets à chaque poignet, et sortit les vendre. « On verra bien qui aura le culot de demander des factures à Lázara Davis », dit-elle au moment de partir, en se pavanant dans un éclat de rire. Elle choisit la bonne bijouterie, plus prétentieuse que prestigieuse, où, elle le savait, on achetait et vendait sans trop poser de questions, et entra, terrorisée, mais d'un pas ferme.

Un vendeur en frac, émacié et pâle, la salua d'un baise-main théâtral et se mit à ses ordres. A l'intérieur il faisait plus clair qu'en plein jour à cause des miroirs et de l'intensité de l'éclairage, et la boutique tout entière était pareille à un diamant. Lázara suivit l'employé au fond du magasin en osant à peine lui jeter un regard, de peur qu'il ne découvre la supercherie.

L'employé la pria de s'asseoir à l'un des trois bureaux

Louis XV qui servaient de comptoirs particuliers, et le recouvrit d'un mouchoir immaculé. Puis il s'assit en face de Lázara et attendit.

« En quoi puis-je vous être utile? »

Elle ôta les bagues, les bracelets, les colliers, les pendants d'oreilles, tout ce qu'elle portait sur elle, et les posa un à un sur le bureau comme sur un échiquier. Elle ne souhaitait, déclara-t-elle, que connaître leur valeur réelle.

Le joaillier chaussa une loupe à son œil gauche et commença à examiner les bijoux dans un silence de mort. Au bout d'un long moment, sans interrompre son inventaire, il demanda :

« D'où venez-vous? »

Lázara n'avait pas prévu cette question.

« Ah, monsieur, soupira-t-elle, de bien loin.

– Je m'en doutais », dit-il.

Il retourna à son silence cependant que Lázara le scrutait sans miséricorde de ses terribles yeux d'or. Le joaillier consacra une attention toute particulière au diadème en brillants, et le posa à l'écart des autres bijoux. Lázara soupira.

« Vous êtes un Vierge parfait. »

Le bijoutier n'interrompit pas son examen.

« A quoi le voyez-vous?

– A votre comportement », dit Lázara.

Il ne fit aucun commentaire avant d'avoir terminé puis lui adressa la parole avec le même laconisme qu'au début.

« D'où tout cela vient-il?

– Héritage d'une grand-mère, dit Lázara d'une voix tendue. Elle est morte l'an dernier, à Paramáribo, à l'âge de quatre-vingt-dix-sept ans. »

Alors, le joaillier la regarda droit dans les yeux. « Je regrette beaucoup, dit-il, mais la seule valeur de ces bijoux est le poids de l'or. » Il prit le diadème du bout des doigts et le fit briller sous l'éclat de la lumière.

« Sauf ceci, ajouta-t-il. Il est très ancien, égyptien peut-être, et n'aurait pas de prix si les diamants n'étaient pas en mauvais état. Mais de toute façon, sa valeur historique ne fait aucun doute. »

En revanche, les pierres des autres bijoux, améthystes,

émeraudes, rubis, opales, toutes sans exception étaient fausses. « Les pierres d'origine étaient sans doute authentiques », dit le joaillier tandis qu'il ramassait les bijoux pour les lui rendre. « Mais d'une génération à l'autre elles se sont perdues et on les a remplacées par de la verroterie. » Lázara, comme prise de nausée, verdâtre, respira à fond et maîtrisa sa panique. Le vendeur la consola.

« Cela arrive souvent, madame.

— Je sais, dit Lázara, soulagée. C'est pourquoi je veux m'en défaire. »

Alors elle sentit qu'elle était au-delà de la supercherie, et redevint elle-même. Sans plus de détours, elle sortit de son sac les boutons de manchette, les décorations en or et en argent, le reste de la bimbeloterie personnelle du Président et posa le tout sur la table.

« De ça aussi? dit le joaillier.

— De tout », répondit Lázara.

Les francs suisses qu'on lui remit étaient des billets si neufs qu'elle craignit que l'encre fraîche ne lui tache les doigts. Elles les prit sans compter, et le joaillier la raccompagna avec le même cérémonial. Elle allait franchir le seuil lorsque, retenant la porte de verre pour la laisser passer, il l'arrêta un instant.

« Une dernière chose, madame, lui dit-il : je suis Verseau. »

En début de soirée, Homero et Lázara portèrent l'argent à l'hôtel. Les comptes faits et refaits, il en manquait encore un peu. De sorte que le Président ôta et posa sur le lit l'alliance, la montre de gousset et la chaînette, les boutons de manchette et l'épingle de cravate qu'il portait sur lui.

Lázara lui rendit son alliance.

« Pas ça, lui dit-elle. Un tel souvenir n'est pas à vendre. »

Le Président en convint et glissa de nouveau l'anneau à son doigt. Lázara lui rendit aussi sa montre. « Ça non plus », dit-elle. Le Président protesta mais elle le rabroua.

« En Suisse, personne n'aurait l'idée de vendre une montre.

— Nous en avons pourtant vendu une, répondit-il.

— Oui mais pour l'or, pas pour la montre.

— Celle-ci aussi est en or, dit le Président.

– C'est vrai, dit Lázara. Vous pourrez peut-être vivre sans
vous faire opérer, mais sans savoir l'heure, jamais. »

Elle n'accepta pas davantage la monture en or des
lunettes, bien qu'il en possédât une autre paire en écaille.
Elle soupesa les bijoux qu'elle tenait dans sa main et mit fin
aux hésitations.

« Et puis, dit-elle, avec ça, ça suffira. »

Avant de partir elle détendit le linge mouillé, sans lui
demander la permission, et l'emporta pour le sécher et le
repasser. Ils partirent sur le vélomoteur, Homero conduisant
et Lázara sur le porte-bagages, les bras noués à la taille de
son mari. Dans le mauve du crépuscule, les réverbères
venaient de s'allumer. Le vent avait emporté les dernières
feuilles, et les arbres ressemblaient à des fossiles déplumés.
Un remorqueur descendait le Rhône, et le poste de radio,
hurlant à plein volume, laissait dans les rues un sillage musi-
cal. Georges Brassens chantait : « Mon amour tiens bien la
barre, le temps va passer par là, et le temps est un barbare
dans le genre d'Attila, par là où son cheval passe l'amour ne
repousse pas*. » Homero et Lázara roulaient en silence,
enivrés par la chanson et l'odeur inoubliable des jacinthes.
Au bout d'un moment, elle sembla s'éveiller d'un long rêve.

« Putain, fit-elle.

– Qu'est-ce qu'il y a?

– Pauvre vieux, dit Lázara, quelle vie de merde. »

Le vendredi suivant, 7 octobre, on opéra le Président.
L'intervention dura cinq heures et, sur le moment, n'apporta
guère plus d'éclaircissements. En fait, la seule consolation
était de le savoir vivant. Au bout de dix jours, on le trans-
porta dans une salle commune où ils purent enfin lui rendre
visite. Il était méconnaissable : désorienté, hâve, les cheveux
clairsemés qui tombaient au seul frottement de l'oreiller. De
son ancienne prestance il ne restait que l'agilité des mains.
Sa première tentative pour marcher à l'aide de deux cannes
anglaises fut à fendre le cœur. Lázara demeurait la nuit à son
chevet pour faire l'économie des frais de garde. L'un des

* En français dans le texte.

malades de la salle passa sa première nuit à crier, pris de
panique à l'idée de mourir. Ces interminables veillées mirent
un point final aux ultimes réticences de Lázara.

Quatre mois après son arrivée à Genève, le Président fut
enfin autorisé à quitter l'hôpital. Homero, administrateur
méticuleux de ses maigres biens, paya la facture et l'emmena
dans son ambulance, aidé par quelques collègues qui lui prê-
tèrent main-forte pour le monter jusqu'au huitième étage. On
l'installa dans la chambre des enfants, qu'il ne reconnaissait
jamais, et peu à peu il reprit ses esprits. Il fit ses exercices de
rééducation avec une rigueur toute militaire et recommença à
marcher avec le seul soutien de sa canne. Mais même vêtu
de ses élégants costumes d'autrefois, il était loin d'être le
même tant par son aspect que par sa façon d'être. Redoutant
l'hiver qui s'annonçait très froid et qui fut, en réalité, le plus
rigoureux du siècle, il décida de prendre le chemin du retour
sur un bateau qui levait l'ancre de Marseille le 13 décembre,
contre l'avis de ses médecins qui souhaitaient une sur-
veillance médicale un peu plus longue. Au dernier moment,
il manqua quelque argent, et Lázara voulut compléter la
somme nécessaire en cachette de son mari, en rognant un peu
plus sur les économies des enfants, mais elle les trouva
moins importantes que ce qu'elle avait escompté. Alors
Homero lui avoua qu'il les avait entamées à son insu pour
payer les frais d'hospitalisation.

« Bon, se résigna Lázara. Disons que c'était comme notre
fils aîné. »

Le 11 décembre, ils le conduisirent par une forte tempête
de neige au train en partance pour Marseille, et ce n'est
qu'en rentrant chez eux qu'ils trouvèrent une lettre d'adieu
sur la table de nuit des enfants. Il avait laissé pour Barbara
son alliance et celle, qu'il n'avait jamais voulu vendre, de
son épouse morte, et pour Lázaro la montre de gousset.
Comme on était dimanche, quelques voisins caribéens qui
avaient découvert le secret accoururent à la gare de Cornavin
avec une formation de harpistes de Vera Cruz. Le Président
était à bout de souffle, avec son pardessus miteux et une
grande écharpe bariolée qui avait appartenu à Lázara, ce qui
ne l'empêcha pas de rester, fouetté par le vent, sur le mar-

chepied du dernier wagon, agitant son chapeau en signe d'adieu. Le convoi s'était déjà ébranlé lorsque Homero s'aperçut que la canne était restée dans sa main. Il courut jusqu'à l'extrémité du quai et la lança avec assez de force pour que le Président puisse l'attraper au vol, mais elle tomba sous les roues et se brisa en mille morceaux. Ce fut un instant de terreur. La dernière vision de Lázara fut la main tremblante tendue pour attraper la canne sans parvenir à la saisir, et le contrôleur du train qui empoignait par son écharpe le vieil homme couvert de neige pour l'empêcher de tomber dans le vide. Lázara courut épouvantée à la rencontre de son mari, s'efforçant de rire entre ses larmes.

« Mon Dieu, s'écria-t-elle, cet homme-là ne mourra jamais. »

Il arriva sain et sauf, selon ce que disait le long télégramme de remerciements qu'il envoya. On ne sut plus rien de lui pendant un an. Puis arriva une lettre de six pages, écrite à la main, qui ne lui ressemblait en rien. La douleur était revenue, aussi intense et ponctuelle qu'autrefois, mais il avait choisi de l'ignorer et de prendre la vie comme elle venait. Le poète Aimé Césaire lui avait offert une nouvelle canne, incrustée de nacre, dont il avait décidé de ne pas se servir. Depuis six mois il mangeait à volonté de la viande et toutes sortes de fruits de mer, et il était capable de boire jusqu'à vingt tasses de café amer par jour. Il ne lisait plus dans le marc parce que les prédictions disaient tout le contraire de la vérité. Le jour de ses soixante-quinze ans, il avait bu, pour son plus grand bien, quelques petits verres de ce rhum exquis de la Martinique et s'était remis à fumer. Il ne se sentait pas mieux, comme on pouvait s'en douter, mais pas plus mal non plus. Toutefois, le véritable motif de sa lettre était de leur confier qu'il était tenté de rentrer au pays afin de prendre la tête d'un mouvement rénovateur pour une cause juste et une patrie digne, ou ne fût-ce que pour la simple gloire mesquine de ne pas mourir de vieillesse dans son lit. En ce sens, concluait-il, son voyage à Genève avait été providentiel.

Juin 1979

LA SAINTE

Je ne revis Margarito Duarte que vingt-deux ans plus tard. Il apparut soudain au détour d'une des venelles secrètes du Trastévère et j'eus du mal à le reconnaître d'emblée à cause de son espagnol malaisé et de son port élégant de vieux Romain. Il avait le cheveu blanc et rare, et toute trace avait disparu du comportement lugubre et des vêtements funèbres de lettré andin avec lesquels il était arrivé pour la première fois à Rome, mais au fil de la conversation je finis par le délivrer peu à peu de la perfidie des ans et le retrouvai tel qu'en lui-même : impénétrable, imprévisible et pourvu d'une ténacité de tailleur de pierre. Avant la seconde tasse de café dans l'un des bars que nous fréquentions jadis, je m'aventurai à lui poser la question qui me brûlait les lèvres.

« Et la sainte?

– Elle est toujours là, me répondit-il. Elle attend. »

Seuls le ténor Rafael Ribero Silva et moi pouvions comprendre combien cette réponse était lourde d'humanité. Nous connaissions si bien son drame que des années durant j'ai pensé que Margarito Duarte était le personnage en quête d'auteur que les romanciers attendent toute une vie, et si je ne l'ai jamais laissé croiser ma route c'est que la fin de son histoire me semblait inimaginable.

Il était venu à Rome en ce printemps radieux où Pie XII souffrait d'une crise de hoquet dont l'art, bon ou mauvais, des médecins et des sorciers n'avait pu venir à bout. C'était la première fois qu'il quittait son village escarpé de Tolima, dans les Andes colombiennes, et on le remarquait jusque dans sa façon de dormir. Il se présenta un matin à notre consulat avec la valise en bois de pin verni dont la forme et la taille rappelaient un étui de violoncelle, et il exposa au consul le surprenant motif de son voyage. Le consul téléphona aussitôt au ténor Rafael Ribero Silva, son compatriote, afin qu'il lui réserve une chambre dans la pension où nous vivions lui et moi. C'est ainsi que je fis sa connaissance.

Margarito Duarte n'était pas allé au-delà de l'école primaire, mais son goût des belles-lettres lui avait permis d'élargir sa formation grâce à la lecture passionnée de tout matériel imprimé qui lui tombait sous la main. Employé de mairie, il avait, à dix-huit ans, épousé une belle jeune femme qui mourut peu après en mettant au monde sa première fille. Celle-ci, plus belle encore que sa mère, mourut d'une fièvre maligne à l'âge de sept ans. Mais la véritable histoire de Margarito Duarte avait commencé six mois avant son arrivée à Rome, lorsqu'il fallut changer l'emplacement du cimetière de son village pour construire un barrage. De même que tous les habitants de la région, Margarito déterra les os de ses morts pour les porter au nouveau cimetière. Son épouse n'était que poussière. En revanche, dans la tombe contiguë, la petite fille était depuis onze ans demeurée intacte. Au point que lorsqu'on décloua le cercueil, on respira le parfum des roses fraîches enterrées avec elle. Mais le plus surprenant, toutefois, était l'absence de pesanteur du corps.

Des centaines de curieux, attirés par la rumeur du miracle, envahirent le village. Aucun doute n'était possible. L'incorruptibilité du corps était un signe incontestable de sainteté et l'évêque du diocèse alla jusqu'à corroborer l'opinion selon laquelle un tel prodige devait être soumis au verdict du Vatican. De sorte que l'on fit une collecte publique afin que Margarito Duarte puisse aller à Rome livrer bataille pour une cause qui n'était plus la sienne ni celle du cercle étroit de son village, mais une affaire nationale.

Tandis qu'il nous racontait son histoire dans la pension du paisible quartier de Parioli, Margarito Duarte ouvrit le cadenas et souleva le couvercle de la malle prodigieuse. C'est ainsi que le ténor Ribero Silva et moi participâmes au miracle. Elle n'avait pas l'air d'une momie racornie comme celles que l'on voit dans de nombreux musées partout dans le monde, mais d'une petite fille habillée en mariée qui eût continué de dormir après un long séjour sous la terre. La peau était lisse et tiède, et les yeux ouverts et diaphanes donnaient l'impression insupportable que dans la mort, elle nous voyait. Le satin et les fleurs d'oranger artificielles de la couronne n'avaient pas résisté aux rigueurs du temps avec autant de santé que la peau, mais les roses que l'on avait glissées dans ses mains étaient restées vivantes. Le poids de l'étui en pin demeura en effet le même lorsque nous en sortîmes le corps.

Margarito Duarte commença ses démarches le lendemain de son arrivée. Au début avec une aide diplomatique plus compatissante qu'efficace, plus tard en inventant toutes sortes de ruses pour franchir les innombrables barrières du Vatican. Il fut toujours très discret sur ses requêtes, mais nous savions qu'elles étaient nombreuses et inutiles. Il prenait contact avec toute congrégation religieuse et fondation humanitaire qu'il trouvait sur son chemin, où on l'écoutait avec attention mais sans étonnement, et lui promettait des interventions immédiates qui n'aboutissaient jamais. Il faut dire que le moment était mal choisi. Toutes les affaires concernant le Saint-Siège avaient été remises à une date ultérieure, en attendant que le pape guérisse de sa crise de hoquet réfractaire aux ressources les plus sophistiquées de la médecine académique comme à toutes les sortes de potions magiques qu'on lui envoyait des quatre coins du monde.

Enfin, au mois de juillet, Pie XII se rétablit et partit en villégiature à Castelgandolfo. Margarito emporta la sainte à la première audience hebdomadaire dans l'espoir de la lui montrer. Le pape apparut dans le patio intérieur, à un balcon si peu élevé que Margarito put apercevoir ses ongles polis avec soin et humer ses senteurs de lavande. Pourtant, le pape ne s'avança pas parmi les touristes venus du monde entier pour le voir, ainsi que l'avait espéré Margarito, mais prononça en six langues différentes un discours qu'il conclut par une bénédiction générale.

Au bout de tant d'ajournements, Margarito décida de prendre lui-même les choses en main et porta au secrétariat d'État une lettre manuscrite de presque soixante pages à laquelle il n'y eut pas de réponse. Il ne s'en étonna guère, car le fonctionnaire qui l'avait enregistrée selon les formalités de rigueur ne s'était pas même donné la peine de jeter un coup d'œil officiel à la petite fille morte, et les employés qui passaient près d'elle l'avaient regardée sans manifester le moindre intérêt. L'un d'eux lui raconta que l'année précédente ils avaient reçu plus de huit cents lettres sollicitant la béatification de cadavres intacts un peu partout dans le monde. Margarito demanda enfin l'expertise de l'absence de pesanteur du corps. Le fonctionnaire la constata mais refusa de l'admettre.

« Ce doit être un cas d'hallucination collective », dit-il.

A ses rares heures de loisir et pendant les dimanches torrides de l'été, Margarito demeurait dans sa chambre, s'acharnant à lire n'importe quel livre qui lui semblait d'un quelconque intérêt pour sa cause. A la fin de chaque mois, il rédigeait de son propre chef sur un cahier d'écolier un rapport minutieux de ses dépenses, en usant d'une calligraphie affétée de premier commis aux écritures, afin de rendre des comptes exacts et justifiés aux donateurs de son village. Avant la fin de l'année, il connaissait tous les labyrinthes de Rome comme s'il y était né, parlait un italien aisé mais aussi pauvre en mots que son espagnol des Andes, et en savait autant sur les processus de canonisation que le plus éminent des spécialistes. Mais beaucoup de temps s'écoula avant qu'il n'abandonne son costume de deuil, le gilet et le chapeau de magistrat qui, dans la Rome d'alors, caractérisaient certaines sociétés secrètes aux fins inavouables. Il sortait très tôt, l'étui de la sainte à la main, et rentrait parfois tard dans la nuit, épuisé et triste mais toujours avec une étincelle de lumière qui lui insufflait une ardeur nouvelle pour le lendemain.

« Les saints vivent un temps qui leur est propre », disait-il.

C'était mon premier séjour à Rome, où j'étais élève du Centre expérimental de cinéma, et je vivais le calvaire de Margarito avec une intensité que je n'ai pu oublier. La pension où nous résidions était en réalité un appartement moderne situé à quelques pas de la villa Borghèse, dont la propriétaire occupait deux pièces et en louait quatre à des

étudiants étrangers. Nous l'avions surnommée María Bella
car elle était belle et sensuelle dans sa plénitude automnale,
et jamais ne dérogeait à la règle sacrée voulant que chacun
régnât en maître absolu sur sa chambre. En fait, celle qui portait les fardeaux de la vie quotidienne était sa sœur aînée, la
tante Antonieta, un ange sans ailes qui travaillait sans relâche
des journées entières et courait de tout côté avec son seau,
son balai et sa serpillière, frottant à n'en plus pouvoir le
marbre des sols. C'est elle qui nous apprit à manger les petits
oiseaux chanteurs que chassait Bartolino, son mari, par suite
d'une mauvaise habitude contractée pendant la guerre, et
c'est elle aussi qui finit par installer Margarito chez elle
lorsque les ressources de notre ami devinrent insuffisantes
pour les prix de María Bella.

Rien n'était moins adapté à la manière d'être de Margarito
que le laisser-aller de cette maison. Chaque heure nous réser-
vait une surprise, même à l'aube, lorsque nous réveillait le
rugissement épouvantable du lion du zoo de la villa Borghèse. Le ténor Ribero Silva avait conquis le privilège de ne
pas soulever les protestations des Romains par ses vocalises
matutinales. Il se levait à six heures, prenait son bain médici-
nal d'eau glacée, peignait sa barbe et ses sourcils de Méphis-
tophélès, et lorsqu'il était prêt et revêtu de sa robe de
chambre écossaise, de son écharpe en soie de Chine, et par-
fumé avec son eau de Cologne personnelle, il s'adonnait
corps et âme à ses exercices de chant. Il ouvrait toute grande
la fenêtre, même sous les étoiles de l'hiver, et commençait
l'échauffement de sa voix par des phrasés progressifs de
grandes arias d'amour, avant de se lancer à les chanter à
pleine voix. Chaque jour nous attendions qu'il pousse au
contre-ut, auquel le lion de la villa Borghèse répondait par
un rugissement à faire trembler la terre.

« Tu es la réincarnation de saint Marc, *figlio mio*, s'écriait
la tante Antonieta avec une stupéfaction sincère. Il était le
seul à pouvoir parler avec les lions. »

Un matin, ce ne fut pas le lion qui lui donna la réplique. Le
ténor commença le duo d'amour d'*Otello* : *Gia nella notte
densa s'estingue ogni clamor*. Soudain, du fond du jardin,
nous parvint la réponse d'une superbe voix de soprano. Le

ténor poursuivit, et les deux voix chantèrent la partie entière pour le plus grand plaisir du voisinage qui ouvrit les fenêtres afin que ce torrent d'amour irrésistible bénisse leurs demeures. Le ténor faillit s'évanouir lorsqu'il apprit que sa Desdémone invisible n'était autre que la grande Maria Caniglia.

J'ai l'impression que ce fut cet événement qui donna à Margarito Duarte une raison valable de se mêler à la vie de la maison. A partir de ce jour, il s'assit avec tout le monde autour de la table commune et non plus dans la cuisine comme au début, quand la tante Antonieta le régalait presque chaque jour de son succulent ragoût de petits oiseaux chanteurs. María Bella nous lisait après le repas la presse du jour afin de nous familiariser avec la phonétique italienne, et elle complétait les informations avec un arbitraire et une grâce qui nous mettaient en joie. Un jour, elle raconta, à propos de la sainte, qu'il y avait à Palerme un immense musée de cadavres intacts d'hommes, de femmes et d'enfants et même de plusieurs évêques, déterrés d'un cimetière de pères capucins. La nouvelle tourmenta à ce point Margarito qu'il n'eut pas un instant de répit que nous n'allions à Palerme. Mais un coup d'œil sur les étonnantes galeries de momies peu glorieuses lui suffit pour se forger un jugement de consolation.

« Rien à voir avec mon cas, dit-il. Ceux-là, on voit tout de suite qu'ils sont morts. »

Après le déjeuner, Rome succombait à la torpeur du mois d'août. Le soleil de la mi-journée demeurait immobile au centre du ciel, et dans le silence de l'heure on n'entendait que la rumeur de l'eau, cette voix naturelle de Rome. Vers sept heures, les fenêtres tout à coup s'ouvraient pour convier l'air frais qui commençait à frémir, et une foule joyeuse se précipitait dans les rues sans autre objectif que celui de vivre, au milieu des pétarades des scooters, des cris des vendeurs de pastèques et des chansons d'amour montant des terrasses fleuries.

Le ténor et moi ne faisions pas la sieste. Sur sa Vespa, lui aux commandes et moi sur le porte-bagages, nous allions porter des glaces et des chocolats aux petites putes estivales qui papillonnaient sous les lauriers centenaires de la villa Borghèse en quête de touristes éveillés dans le plein soleil.

Elles étaient belles, pauvres et affectueuses, comme la plupart des Italiennes de ce temps-là, vêtues d'organdi bleu, de popeline rose, de lin vert, et elles se protégeaient du soleil sous des ombrelles criblées par les pluies de la guerre récente. C'était un plaisir que d'être en leur compagnie, car elles passaient outre aux lois du métier et s'offraient le luxe de perdre un bon client pour s'éclipser boire avec nous un café et bavarder au bar du coin, ou se promener en fiacre dans les allées du parc, ou nous faire pleurer sur les rois détrônés et leurs amantes tragiques qui chevauchaient au crépuscule sur le *galoppatoio*. Plus d'une fois nous leur avons servi d'interprètes auprès d'un gringo égaré.

Ce n'est pas à cause d'elles que nous conduisîmes Margarito Duarte à la villa Borghèse mais pour lui présenter le lion. Celui-ci vivait en liberté sur un îlot désertique entouré d'un fossé profond, et à peine nous eut-il aperçus sur la rive opposée qu'il se mit à rugir avec une agitation qui étonna son gardien. Les promeneurs accoururent en curieux. Le ténor tenta de décliner son identité en poussant son contre-ut matinal, mais le lion ne le remarqua même pas. On eût dit qu'il rugissait à la ronde, mais le gardien se rendit vite compte qu'il ne s'adressait qu'à Margarito. Et c'était vrai : quelque direction qu'il prît, le lion se tournait vers lui, et dès qu'il se cachait, le lion cessait de rugir. Le gardien, docteur en lettres classiques de l'université de Sienne, pensa que Margarito avait dû ce jour-là approcher d'autres lions et qu'il portait sur lui leur odeur. Mais l'explication était fantaisiste et il ne lui en vint aucune autre à l'esprit.

« En tout cas, dit-il, ce ne sont pas des rugissements de défi mais de pitié. »

Toutefois, le ténor Ribero Silva fut moins impressionné par cet événement surnaturel que par la commotion dont Margarito fut victime lorsqu'ils s'arrêtèrent bavarder un moment avec les filles du parc. Il en fit la remarque à table et, les uns par malice, les autres par compassion, nous convînmes que ce serait faire œuvre pie que d'aider Margarito à trouver un remède à sa solitude. Émue par la faiblesse de nos cœurs, María Bella pressa son sein de mère biblique de ses deux mains empierrées de bagues fantaisie.

« Je me dévouerais volontiers par charité chrétienne, dit-elle, mais avec les hommes qui portent un gilet, je n'ai jamais pu. »

C'est ainsi que le ténor se rendit à la villa Borghèse à deux heures de l'après-midi, et ramena à califourchon sur sa Vespa le petit papillon qui lui sembla le plus capable d'offrir une heure de bonne compagnie à Margarito Duarte. Il la fit se déshabiller dans sa chambre, la savonna, l'essuya, la parfuma avec son eau de Cologne personnelle, et la poudra tout entière de talc camphré d'après-rasage. Enfin, il lui paya le temps qu'ils avaient passé ensemble plus une heure supplémentaire, et lui indiqua en détail ce qu'elle devait faire.

Tel un rêve de sieste, la belle dénudée traversa sur la pointe des pieds la maison plongée dans le demi-jour, et frappa deux petits coups à la porte de la chambre du fond. Margarito Duarte, nu-pieds et sans chemise, ouvrit la porte.

« *Buona sera giovanotto*, lui dit-elle, d'une voix et avec des manières de collégienne. *Mi manda il tenore*. »

Margarito Duarte fit face avec une grande dignité. Il finit d'ouvrir la porte pour la laisser entrer, et elle s'allongea sur le lit pendant qu'il enfilait en toute hâte sa chemise et ses chaussures afin de la recevoir avec le respect qui lui était dû. Puis il s'assit près d'elle sur une chaise, et entreprit de lui faire la conversation. Étonnée, la jeune fille lui dit de se dépêcher car ils ne disposaient que d'une heure. Il fit celui qui n'a pas compris.

La jeune fille déclara plus tard que de toute façon elle serait restée le temps qu'il aurait voulu sans lui faire payer un sou, parce qu'il ne pouvait y avoir au monde un homme mieux élevé. Ne sachant que faire, elle examina la chambre et aperçut l'étui de bois sur la cheminée. Elle demanda si c'était un saxophone. Margarito ne répondit pas mais entrouvrit les persiennes pour faire entrer un peu de lumière, posa l'étui sur le lit et souleva le couvercle. La jeune fille tenta de dire quelque chose mais sa mâchoire se décrocha. Ou, selon ce qu'elle nous raconta plus tard : *Mi si gelò il culo*. Elle s'enfuit épouvantée, prit le couloir dans le mauvais sens et se retrouva nez à nez avec la tante Antonieta qui allait changer une ampoule dans ma chambre. Leur frayeur à toutes deux fut telle que la jeune fille n'osa pas quitter la chambre du ténor avant la nuit tombée.

La tante Antonieta ne sut jamais le fin de mot de l'histoire. Elle entra chez moi à ce point effrayée qu'elle ne parvenait pas à visser l'ampoule sur la lampe tant ses mains tremblaient. Je lui demandai ce qui se passait. « Cette maison a toujours été hantée, me dit-elle. Mais jamais en plein jour. » Elle me raconta d'un ton de grande conviction que pendant la guerre un officier allemand avait égorgé sa maîtresse dans la chambre qu'occupait le ténor. Souvent, alors qu'elle vaquait à ses occupations, la tante Antonieta avait vu le fantôme de la belle assassinée lui emboîter le pas dans les corridors.

« Je viens de la voir passer toute nue dans le couloir, dit-elle. C'était bien elle. »

La ville retrouva sa routine en automne. Les terrasses fleuries de l'été fermèrent aux premiers vents, et le ténor et moi reprîmes le chemin de la vieille trattoria du Trastévère où nous avions coutume de dîner avec les élèves de chant du comte Carlo Calcagni et certains de mes camarades de l'école de cinéma. Parmi ces derniers, le plus assidu était Lakis, un Grec intelligent et sympathique, dont le seul défaut était de prononcer des discours assommants sur l'injustice sociale. Par bonheur, les ténors et les sopranos parvenaient presque toujours à avoir raison de lui grâce à des morceaux d'opéra chantés à pleine voix et qui ne gênaient pourtant personne, même à minuit passé. Bien au contraire, quelques noctambules de passage se joignaient au chœur, et dans le voisinage on ouvrait les fenêtres pour applaudir.

Un soir, tandis que nous chantions, Margarito entra sur la pointe des pieds afin de ne pas nous interrompre. Il portait l'étui en pin qu'il n'avait pas eu le temps de déposer à la pension après être allé montrer la sainte au curé de Saint-Jean-de-Latran, dont l'influence sur la congrégation des Rites était connue de tous. Du coin de l'œil je vis qu'il le glissait sous une table à l'écart, puis il s'assit pendant que nous finissions la chanson. Comme toujours aux alentours de minuit, nous rapprochâmes plusieurs tables dès que la trattoria commença à se vider, et nous restâmes entre nous, ceux qui chantaient, ceux qui parlaient et les amis des uns et des autres. Et parmi eux, Margarito Duarte, que l'on connaissait ici comme le Colombien silencieux et triste sur qui nul ne savait rien. Lakis, intrigué, lui demanda s'il jouait du violoncelle. Je frissonnai en entendant ce qui m'apparut comme une gaffe difficile à réparer. Le ténor, aussi mal à l'aise que moi, ne parvint pas à redresser la situation. Margarito fut le seul à prendre la question avec le plus grand naturel.

« Ce n'est pas un violoncelle, dit-il. C'est la sainte. »

Il posa le caisson sur la table, ouvrit le cadenas et souleva le couvercle. Une rafale de stupeur balaya le restaurant. Les autres clients, les garçons et jusqu'au personnel des cuisines, le tablier taché de sang, s'attroupèrent, médusés, pour contempler le prodige. Certains se signèrent. L'une des cuisinières s'agenouilla, mains jointes, en proie à un tremblement fébrile, et pria en silence.

Mais passé la première commotion, nous nous perdîmes dans une discussion tapageuse sur les insuffisances dont souffre aujourd'hui la canonisation. Lakis fut, bien sûr, le plus extrémiste. A la fin, on ne retint que son idée de faire un film critique sur le thème de la sainte.

« Je suis sûr, dit-il, que le vieux Cesare ne laisserait pas passer un sujet comme celui-ci. »

Il voulait parler de Cesare Zavattini, notre professeur de script et de scénario, un des grands de l'histoire du cinéma et le seul qui entretenait avec nous des rapports personnels en dehors de l'école. Il s'efforçait de nous enseigner le métier, et surtout de nous apprendre à voir la vie d'une façon différente. C'était une machine à concevoir des intrigues. Elles lui venaient à l'esprit à gros bouillons, presque contre sa volonté. Et si vite qu'il lui fallait toujours l'aide de quelqu'un pour les penser à voix haute et les saisir au vol. Mais une fois son inspiration tarie, il avait le moral plus bas que terre. « Dommage qu'il faille les filmer », disait-il. Car il pensait que sur l'écran ses idées perdraient beaucoup de leur magie première. Il les notait sur des fiches qu'il classait par thèmes et qu'il épinglait aux murs, et elles étaient si nombreuses qu'elles tapissaient toute une pièce de sa maison.

Le samedi suivant, nous lui rendîmes visite accompagnés

de Margarito Duarte. Zavattini aimait la vie avec une telle gourmandise que nous le trouvâmes devant la porte de sa maison, rue Angela Merici, brûlant d'impatience à cause de l'idée que nous lui avions soumise par téléphone. Il en oublia son amabilité coutumière et, sans nous avoir salués, conduisit Margarito à une table débarrassée sur laquelle il ouvrit lui-même l'étui. Alors survint ce que jamais nous n'aurions pu imaginer. Au lieu d'être fou de joie, comme nous l'avions prévu, il fut atteint d'une espèce de paralysie mentale.

« *Cazzo* », murmura-t-il, épouvanté.

Il contempla la sainte en silence pendant deux ou trois minutes, ferma lui-même le couvercle et, sans un mot, reconduisit Margarito jusqu'à la porte comme s'il n'était qu'un enfant tenant à peine sur ses jambes. Il prit congé en lui donnant quelques tapes dans le dos. « Merci, mon fils, merci bien, lui dit-il. Et que Dieu t'accompagne dans ton combat. » La porte fermée, il se tourna vers nous et nous fit connaître son verdict.

« Ça ne vaut rien pour le cinéma, dit-il. Personne n'y croirait. »

Cette surprenante leçon nous escorta dans le tramway du retour. Puisqu'il l'avait dit, ce n'était même plus la peine d'y songer : l'histoire n'était pas bonne. Cependant, María Bella nous accueillit avec un message urgent : Zavattini nous attendait le soir même, mais sans Margarito.

Le maître était au zénith de son inspiration. Lorsqu'il nous ouvrit, il ne sembla pas même voir les deux ou trois congénères que Lakis avait amenés avec lui.

« Ça y est, j'ai trouvé, s'écria-t-il. Le film fera un tabac si Margarito accomplit le miracle de ressusciter la petite.

– Dans le film ou dans la vie? » lui demandai-je.

Il contint son irritation. « Ne sois pas stupide », me dit-il. Mais nous vîmes aussitôt luire dans ses yeux une idée irrésistible. « Il serait peut-être capable de la ressusciter pour de bon », dit-il puis, réfléchissant avec le plus grand sérieux : « Il devrait essayer. »

Ce ne fut qu'une tentation fugace avant de reprendre le fil du sujet. Il commença par arpenter la maison, heureux comme un fou, agitant ses mains dans tous les sens, racontant le film à grands éclats de voix. Nous l'écoutions émerveillés, avec l'impression que les images étaient comme des bandes d'oiseaux phosphorescents qui s'échappaient de son corps et, pris de folie, virevoltaient dans toute la maison.

« Un soir, disait-il, alors qu'une vingtaine de papes sont morts sans l'avoir reçu, Margarito rentre chez lui, vieux et fatigué, ouvre le cercueil, caresse le visage de la petite morte et lui dit avec toute la tendresse du monde : "Pour l'amour de ton père, ma fille chérie : lève-toi et marche." »

Il nous regarda tous et paracheva avec un geste triomphal : « Et la petite fille se lève! »

Il guettait notre réaction. Mais nous étions à ce point perplexes que nous ne trouvions rien à dire. Seul Lakis leva la main, comme à l'école, pour demander la parole.

« Mon problème c'est que je n'y crois pas, dit-il, et à notre grande surprise, s'adressant à Zavattini, il ajouta : pardonnez-moi, maître, mais je n'y crois pas. »

Ce fut au tour de Zavattini de rester bouche bée.

« Et pourquoi donc?

– Est-ce que je sais, moi? répondit Lakis d'un ton angoissé. Ça ne va pas, c'est tout.

– *Ammazza!* s'écria alors le maître d'une voix de tonnerre que l'on dut entendre dans tout le quartier. Ce qui m'emmerde le plus chez les staliniens, c'est qu'ils ne croient pas à la réalité. »

Au cours des quinze années suivantes, Margarito, selon ce qu'il me raconta lui-même, porta la sainte à Castelgandolfo au cas où se présenterait une occasion de la montrer. Lors d'une audience accordée à deux cents pèlerins d'Amérique latine il parvint, de coups de coudes en bousculades, à raconter son histoire au bienveillant Jean XXIII. Mais il ne put lui montrer la petite parce qu'il avait dû la laisser au vestiaire avec les havresacs des autres pèlerins, à cause des risques d'attentat. Le pape l'écouta avec toute l'attention qu'il pouvait lui accorder au milieu de cette foule, et lui tapota la joue pour l'encourager.

« Bravo, *figlio mio*, lui dit-il. Dieu récompensera ta persévérance. »

Toutefois, ce fut pendant le règne fugace du souriant

Albino Luciani qu'il pensa pour de bon être à deux doigts de réaliser son rêve. Un parent de celui-ci, impressionné par l'histoire de Margarito, lui promit d'intervenir en sa faveur. Personne ne le crut. Mais deux jours plus tard, pendant le déjeuner, on téléphona à la pension pour lui laisser un message simple et bref : il ne devait pas quitter Rome car avant jeudi il serait convoqué au Vatican pour une audience privée.

On ne sut jamais si c'était une plaisanterie. Margarito croyait que non et demeura sur le qui-vive. Il ne mit pas le pied dehors. S'il devait se rendre aux toilettes, il annonçait à voix haute : « Je vais aux toilettes ». María Bella, toujours aussi délicieuse aux premières lueurs de la vieillesse, éclatait de son rire de femme libre.

« D'accord, d'accord, Margarito, au cas où le pape t'appellerait. »

La semaine suivante, deux jours avant le coup de téléphone attendu, Margarito s'effondra en lisant le titre du journal que l'on avait glissé sous la porte : *Morto il Papa*. L'espace d'un instant il crut, le cœur battant, que c'était un vieil exemplaire que l'on avait apporté par erreur car il était difficile de croire qu'un pape puisse mourir tous les mois. C'était pourtant vrai : le souriant Albino Luciani, élu trente-trois jours plus tôt, était mort dans son lit au lever du jour.

Je revins à Rome vingt-deux ans après avoir fait la connaissance de Margarito Duarte, et peut-être n'aurais-je pas pensé à lui si je ne l'avais croisé par hasard. J'étais trop angoissé par les ravages du temps pour songer à quiconque. Une bruine fadasse tombait sans interruption comme une sorte de bouillon tiède, la lumière adamantine d'autrefois était devenue trouble, et les endroits qui avaient été miens et nourrissaient mes nostalgies étaient différents et changés. La maison qui avait abrité la pension était toujours la même, mais nul n'avait entendu parler de María Bella, et personne ne répondit aux six numéros de téléphone que le ténor Ribero Silva m'avait envoyés d'année en année. Au cours d'un déjeuner avec les nouvelles recrues de l'école de cinéma, j'évoquai la mémoire de mon maître et un silence soudain voleta au-dessus de la table l'espace d'un instant, puis quelqu'un s'aventura à dire :

« *Zavattini? Mai sentito.* »

Eh oui : nul n'avait entendu parler de lui. Les arbres de la villa Borghèse semblaient ébouriffés sous la pluie, le *galoppatoio* des princesses tristes avait été dévoré par des ronces sans fleurs, et les belles d'antan s'étaient changées en athlètes androgynes, travestis et débraillés. Le seul survivant d'une faune disparue était le vieux lion, galeux et catarrheux, sur son île aux eaux croupies. Personne ne chantait ni ne mourait d'amour dans les trattorias plastifiées de la piazza di Spagna. Car la Rome de nos nostalgies était déjà une Rome antique au cœur de l'antique Rome des Césars. Soudain une voix qui pouvait venir de l'au-delà m'arrêta net dans une des petites rues du Trastévère.

« Salut, poète. »

C'était lui, fatigué et vieilli. Cinq papes étaient morts, la Rome éternelle montrait les premiers symptômes de sa décrépitude mais lui continuait d'espérer. « J'ai tant attendu, que le moment ne doit plus être bien loin », me dit-il en prenant congé, après presque quatre heures d'évocations mélancoliques. « Ce n'est peut-être qu'une question de mois. » Il s'éloigna en traînant les pieds au milieu de la chaussée, avec ses bottes de soldat et sa casquette décolorée de vieux Romain, sans prendre garde aux flaques de pluie où la lumière commençait à languir. Alors je ne doutais plus, si j'en avais jamais douté, que le saint c'était lui. Sans s'en apercevoir, à l'ombre du corps incorruptible de sa fille, il avait passé vingt-deux années de sa vie à se battre pour la cause légitime de sa propre canonisation.

Août 1981

L'AVION DE LA BELLE ENDORMIE

Elle était belle, élancée, sa peau délicate avait la couleur du pain, ses yeux celle de l'amande verte, et elle avait une chevelure lisse, noire et longue jusque dans le dos et une aura d'antiquité qui pouvait venir d'Indonésie comme des Andes. Elle était vêtue avec un goût subtil : veste de lynx, corsage de soie naturelle orné de fleurs graciles, pantalon de lin écru et des souliers plats couleur de bougainvillée. « C'est la plus belle femme que j'aie jamais vue de ma vie », me dis-je en la voyant passer à grands pas feutrés de lionne alors je faisais la queue pour prendre l'avion de New York à l'aéroport Charles-de-Gaulle. Ce fut une apparition surnaturelle d'un instant, qui s'évapora dans la cohue du hall.

Il était neuf heures du matin. Il neigeait depuis la veille et la circulation, plus dense que de coutume dans les rues de la ville, était plus lente encore sur l'autoroute, et il y avait des camions arrêtés sur les bas-côtés et des voitures fumantes sur la neige. Dans le hall de l'aéroport, en revanche, la vie continuait telle qu'au printemps.

Je faisais la queue au comptoir d'enregistrement derrière une vieille dame hollandaise qui contestait depuis près d'une heure le poids de ses onze valises. Je commençais à trouver le temps long lorsque je vis l'apparition fugitive qui me coupa le souffle, et je ne sus comment s'acheva la querelle, car l'hôtesse me fit redescendre sur terre en me reprochant ma distraction. En guise d'excuses je lui demandai si elle croyait aux coups de foudre. « Bien sûr, me répondit-elle. Cette foudre-là est la seule qui soit vraie. » Les yeux toujours fixés sur l'écran de son ordinateur elle me demanda si je désirais voyager dans la partie réservée aux fumeurs ou dans celle assignée aux non-fumeurs.

« Ça m'est égal, dis-je, exprès, du moment que je ne suis pas à côté des onze valises. »

Elle me remercia d'un sourire commercial sans lever les yeux de son écran phosphorescent.

« Choisissez un numéro, me dit-elle : trois, quatre ou sept.

– Quatre. »

Une étincelle de triomphe éclaira son sourire.

« Depuis quinze ans que je travaille ici, vous êtes le premier à ne pas choisir le sept. »

Elle inscrivit sur la carte d'embarquement le numéro du siège et me la tendit avec mes papiers en me regardant pour la première fois de ses yeux mordorés qui furent mon lot de consolation alors que je voyais de nouveau passer la belle. Au même instant, elle m'informa que l'on venait de fermer l'aéroport et que tous les vols étaient retardés.

« Jusqu'à quand?

– Dieu seul le sait, dit-elle toujours souriante. La radio a annoncé que ce matin aurait lieu la plus grande chute de neige de l'année. »

Elle se trompait : ce fut la plus grande du siècle. Mais dans la salle d'attente des premières, le printemps semblait réel tant il y avait de fleurs vivantes dans les vases, et la musique en conserve paraissait aussi sublime et apaisante que le prétendaient ses créateurs. Soudain, j'eus le sentiment que c'était là un refuge idéal pour ma belle, et je la cherchai dans les autres salles, troublé de ma propre audace. Mais la plupart des gens étaient des hommes de la vie réelle qui lisaient des journaux en anglais tandis que leurs femmes pensaient à d'autres hommes en regardant par les grandes vitres panoramiques les avions morts sur la neige, les usines gelées, les vastes labours de Roissy dévastés par les lions. Passé midi, il n'y avait plus un siège disponible et la chaleur était devenue à ce point insupportable que je sortis pour respirer.

Dehors, je trouvai un spectacle terrifiant. Des gens de toute condition avaient fui les salles d'attente et campaient dans les couloirs transformés en étuves et jusque dans les escaliers, allongés par terre avec leurs animaux, leurs

enfants, leurs effets. Car la communication avec la ville était
elle aussi interrompue, et le palais de plastique transparent
ressemblait à une immense capsule spatiale échouée au
milieu de la tourmente. Je ne pus éviter de penser que la belle
devait se trouver quelque part parmi ces hordes paisibles, et
cette vision me redonna le courage d'attendre.

A l'heure du déjeuner, nous prîmes conscience de notre
condition de naufragés. Les queues devinrent interminables
devant les sept restaurants, les cafétérias, les bars pris
d'assaut, et trois heures plus tard ils étaient tous fermés car il
n'y avait plus rien à manger ni à boire. Les enfants, qui à un
certain moment parurent un rassemblement de tous les
enfants du monde, se mirent à pleurer à l'unisson, et de la
foule monta un remugle de troupeau. C'était le temps des
instincts. Les gens s'arrachaient les restes, et je ne pus avaler
que les deux derniers petits pots de crème glacée d'une boutique pour enfants. Je les mangeai au comptoir, sans hâte,
tandis que les garçons renversaient les chaises sur les tables à
mesure que les clients s'en allaient, et que je me voyais
reflété dans le miroir du fond, le dernier petit pot de carton à
la main, la dernière petite cuillère de carton à la bouche, songeait à ma belle.

Le vol pour New York, prévu à onze heures du matin,
partit à huit heures du soir. Lorsque enfin je pus embarquer,
les passagers de première classe étaient déjà installés, et une
hôtesse me conduisit jusqu'à mon siège. Le souffle me manqua. Sur le siège voisin du mien, près de la fenêtre, ma belle
prenait possession de son espace avec la maîtrise des voya-
geurs expérimentés. « Si j'écris un jour cette histoire, pensai-je personne ne me croira. » Et c'est à peine si je tentai
de bredouiller un bonsoir indécis qu'elle n'entendit même
pas.

Elle s'installa comme pour passer là plusieurs années,
posant chaque chose à sa place et dans le bon ordre, jusqu'à
ce que l'endroit fût aussi bien rangé que la maison idéale
où l'on trouve tout à portée de la main. Tandis qu'elle
s'affairait, le steward nous apporta une coupe de champagne de bienvenue. J'en pris une pour la lui offrir, mais
me retins à temps. Car elle n'accepta qu'un verre d'eau et

pria le steward, d'abord dans un français incompréhensible, puis dans un anglais à peine plus aisé, qu'on ne la réveille sous aucun prétexte pendant le vol. Sa voix grave et tiède halait une tristesse orientale.

Lorsqu'on lui apporta le verre d'eau, elle ouvrit sur ses genoux un nécessaire de voyage aux coins garnis de cuivre, comme les malles des grand-mères, et elle prit deux comprimés dorés dans une boîte remplie de pilules de toutes les couleurs. Chacun de ses gestes était méthodique et mesuré, comme si, depuis sa naissance, il n'y avait rien qui pour elle ne fût prévu. Enfin, elle baissa le rideau du hublot, abaissa le dossier de son siège, s'enveloppa jusqu'à la taille dans la couverture sans ôter ses chaussures, mit un masque pour dormir, se pelotonna de côté en me tournant le dos et dormit d'une seule traite, sans le moindre soupir, sans le moindre changement de position, pendant les huit heures éternelles et les douze minutes de trop que dura le vol jusqu'à New York.

Ce fut un voyage intense. J'ai toujours cru qu'il n'est dans la nature plus grande beauté que la beauté d'une femme, de sorte qu'il me fut impossible d'échapper, ne fût-ce que l'espace d'un instant, à l'envoûtement de cette créature de conte de fées qui dormait près de moi. Le steward avait disparu tout de suite après le décollage, remplacé par une hôtesse cartésienne qui tenta d'éveiller ma belle afin de lui remettre une petite trousse de toilette et les écouteurs pour la musique. Je lui répétai la recommandation qu'elle avait adressée au steward, mais l'hôtesse insista pour l'entendre dire elle-même qu'elle ne voulait pas dîner. Le steward dut le lui confirmer, et de plus me reprocha que ma belle n'eût pas accroché à son cou le petit carton avec l'ordre de ne pas la réveiller.

Je dînai en solitaire, songeant à tout ce que j'aurais pu lui dire si elle avait été éveillée. Son sommeil était si paisible qu'à un certain moment je craignis que les comprimés qu'elle avait pris ne fussent pas pour dormir mais pour mourir. Avant chaque gorgée, je levai mon verre et lui portai un toast.

« A ta santé, la belle. »

Le dîner terminé, les lumières s'éteignirent, le film destiné à personne apparut sur l'écran, et nous fûmes tous deux plongés dans la pénombre du monde. La plus grande tempête du siècle était passée, la nuit de l'Atlantique était immense et limpide, et l'avion semblait immobile au milieu des étoiles. Alors, je la contemplai pouce par pouce pendant plusieurs heures, et les seuls signes de vie que je pus percevoir furent les ombres de ses rêves qui glissaient sur son front tels des nuages sur l'eau. Elle avait au cou une chaînette si fine qu'elle était presque invisible sur sa peau d'or, des oreilles parfaites aux lobes sans piqûres de boucles d'oreilles, des ongles roses de santé, et un anneau à la main gauche

Comme elle ne semblait pas avoir beaucoup plus de vingt ans, je me consolai à l'idée que ce n'était pas un anneau nuptial mais une simple bague d'éphémères fiançailles. « Te savoir endormie, sereine, sûre, courant fidèle d'abandon, ligne pure, si près de mes bras enchaînés », pensai-je, récitant au-dessus des bulles du champagne le magistral sonnet de Gerardo Diego. Puis je basculai mon siège à hauteur du sien et nous demeurâmes étendus plus près l'un de l'autre que dans un lit de mariés. Son souffle avait la tiédeur de sa voix et sa peau exhalait un parfum léger qui ne pouvait être que celui de sa beauté. C'était incroyable : au printemps précédent, j'avais lu un magnifique roman de Yasunari Kawabata sur les vieillards de la bourgeoisie de Kyoto qui payaient des sommes énormes pour passer la nuit à contempler les jeunes filles les plus belles de la ville, nues et droguées, tandis qu'ils agonisaient d'amour dans le même lit. Ils ne devaient ni les éveiller, ni les toucher, ni même songer à le faire, car l'essence même de leur plaisir était de les regarder dormir. Cette nuit-là, en veillant sur le sommeil de ma belle, je fis mieux que comprendre ce raffinement sénile : je le vécus dans sa plénitude.

« Qui aurait pu prévoir, me dis-je, mon amour-propre exacerbé par le champagne, que je serais un jour changé en vieillard japonais? »

Je dus dormir quelques heures, vaincu par le champagne et les éclairs muets du film, et me réveillai le crâne comme lézardé. Je me rendis aux toilettes. Deux rangs derrière moi gisait la vieille aux onze valises, les quatre fers en l'air, ou presque. Elle ressemblait à un mort oublié sur un champ de bataille. Par terre, au milieu du couloir, il y avait ses lunettes de lecture avec le cordon en perles de verre multicolores, et j'éprouvai l'espace d'un instant le plaisir mesquin de ne pas les lui ramasser.

Après m'être défait de l'excès du champagne, je me découvris dans la glace, indigne et laid, et m'étonnai que les ravages de l'amour fussent aussi terribles. Soudain l'avion piqua du nez, se redressa tant bien que mal et poursuivit son vol au galop. L'ordre de regagner les sièges s'alluma. Je sortis à toute vitesse, dans l'espoir que les turbulences divines réveilleraient ma belle qui, terrorisée, chercherait refuge entre mes bras. Dans ma hâte je faillis écraser les lunettes de la Hollandaise, ce qui ne m'aurait pas déplu. Mais je revins sur mes pas, les ramassai, et les posai sur ses genoux, comme pour la remercier de n'avoir pas choisi avant moi le siège numéro 4.

Le sommeil de ma belle était invincible. Lorsque l'avion se stabilisa je dus résister à la tentation de la secouer sous un prétexte quelconque car je ne désirais qu'une chose en cette dernière heure de vol : la voir éveillée, même furieuse, afin de pouvoir retrouver ma liberté et peut-être ma jeunesse. Mais j'en fus incapable. « Bon Dieu, me dis-je avec un profond mépris. Pourquoi ne suis-je pas né sous le signe du Taureau! » Elle se réveilla d'elle-même à l'instant précis où s'allumaient les panneaux lumineux, et elle était aussi belle et aussi fraîche que si elle avait dormi sur un lit de roses.

Alors, je me rendis compte que, dans les avions, les passagers assis à côté les uns des autres, tels les vieux couples, ne se disent pas bonjour en s'éveillant. Elle ne dérogea pas à la règle. Elle ôta son masque, ouvrit ses yeux radieux, redressa le dossier de son siège, rejeta la couverture sur le côté, secoua sa chevelure qui se remit en place toute seule par la grâce de son propre poids, posa de nouveau son nécessaire sur ses genoux, et se maquilla en quelques gestes rapides et superflus qui lui suffirent pour ne pas avoir à me regarder en attendant l'ouverture des portes. Puis elle mit sa veste de lynx, m'enjamba presque en formulant une excuse conventionnelle en pur espagnol des Amériques et partit sans un adieu, sans même me remercier de tout ce que j'avais fait pour que nous passions une nuit heureuse, avant de disparaître jusqu'au jour d'aujourd'hui dans la jungle de New York.

Juin 1982

UN MÉTIER DE RÊVE

A neuf heures du matin, tandis que nous prenions le petit déjeuner sur la terrasse du Habana Riviera, un terrible coup de mer en plein soleil emporta plusieurs automobiles qui roulaient sur la promenade du Malecón ou qui étaient garées le long du trottoir, et l'une d'elles demeura incrustée dans un mur de l'hôtel. Ce fut comme une explosion de dynamite qui sema la panique dans les vingt étages de l'immeuble et réduisit en poussière la vitre du grand hall. Les nombreux touristes qui se trouvaient à la réception furent projetés en l'air en même temps que les meubles, et les grêlons de verre blessèrent plusieurs d'entre eux. Ce fut sans aucun doute un raz de marée colossal, car entre la levée du Malecón et l'hôtel il y a une large avenue où l'on circule dans les deux sens et par-dessus laquelle la vague bondit en conservant assez de force pour réduire la baie vitrée en miettes.

Les joyeux volontaires cubains, aidés des pompiers, ramassèrent les débris en moins de six heures, condamnèrent la porte donnant sur la mer, en aménagèrent une autre et tout rentra dans l'ordre. Pendant la matinée, personne ne s'était inquiété de l'automobile incrustée dans le mur, car l'on pensait que c'était l'une des voitures garées le long du trottoir. Mais quand la grue l'extirpa de la meurtrière on découvrit le cadavre d'une femme attachée avec sa ceinture de sécurité au siège du conducteur. Le choc avait été si brutal qu'il ne lui restait plus un seul os intact. Elle avait le visage broyé, les bas déchirés et les vêtements en lambeaux, et elle portait un anneau d'or en forme de serpent aux yeux d'émeraude. La police établit qu'il s'agissait de la gouvernante du nouvel ambassadeur du Portugal et de sa famille. Arrivée en même temps qu'eux à La Havane quinze jours auparavant, elle était sortie ce matin-là faire des courses au volant d'une automobile neuve. Lorsque je lus la nouvelle dans les journaux son nom ne me dit rien, mais la bague en forme de serpent aux yeux d'émeraude m'intrigua. Je ne pus vérifier, toutefois, à quel doigt elle la portait.

C'était un indice décisif, car je redoutais qu'il ne s'agît de cette femme inoubliable dont je ne sus jamais le véritable nom, et qui portait un anneau semblable à l'index droit, détail, à l'époque, plus insolite encore. Je l'avais connue trente-quatre ans auparavant, à Vienne, un jour que je mangeais des saucisses et des pommes de terre bouillies, et buvais de la bière à la pression dans une taverne fréquentée par des étudiants latino-américains. J'étais arrivé de Rome le matin même et je me souviens encore de mon impression première à la vue de son buste superbe de soprano, des languides queues de renard au col de son manteau et de cette bague égyptienne en forme de serpent. Je crus qu'elle était la seule Autrichienne à cette longue table de bois, car elle parlait sans reprendre haleine un espagnol rudimentaire avec un accent de quincaillerie. Pourtant, née en Colombie, elle était partie pour l'Autriche entre les deux guerres alors qu'elle n'était encore qu'une enfant ou presque, afin d'y étudier la musique et le chant. A l'époque où je fis sa connaissance, elle avait une trentaine d'années mais en paraissait plus car elle n'avait sans doute jamais été belle et avait commencé à vieillir avant l'âge. C'était par ailleurs un être merveilleux. Mais aussi des plus redoutables.

Vienne était encore une ancienne ville impériale que sa position géographique entre les deux mondes irréconciliables issus de la Seconde Guerre mondiale avait fini par transformer en paradis du marché noir et de l'espionnage international. Je n'aurais pu imaginer un lieu mieux accordé à cette compatriote fugitive qui continuait de prendre ses repas dans la taverne d'étudiants par seule fidélité à son origine, car elle avait les moyens d'acheter comptant et l'endroit et tous les convives qui s'y trouvaient. Elle ne révéla jamais son vrai nom, et je la connus toujours sous l'imprononçable sobriquet

que lui avaient inventé les étudiants latino-américains de
Vienne : Frau Frida. Ils venaient à peine de me la présenter
que je commis l'heureuse impertinence de lui demander
comment elle s'y était prise pour s'établir de la sorte dans un
monde aussi distant et distinct de ses rochers ventés du
Quindío, et elle me répliqua sans attendre :

« On me paie pour rêver. »

C'était en réalité son seul métier. Troisième des onze
enfants d'un commerçant prospère du vieux Caldas, dès
qu'elle avait su parler elle avait instauré dans la maison la
bonne habitude de raconter ses rêves à jeun, dès son réveil,
moment où leurs vertus prémonitoires sont encore à l'état
pur. A sept ans, elle avait rêvé que l'un de ses frères était
entraîné par un torrent. La mère, par pure superstition religieuse, avait interdit à l'enfant de faire ce qu'il aimait le
plus : se baigner dans la rivière. Mais Frau Frida avait un
système de prédictions bien à elle.

« Ce rêve ne veut pas dire qu'il va se noyer, dit-elle, mais
qu'il ne doit pas manger de bonbons. »

Cette interprétation semblait une pure infamie car il
s'agissait d'un enfant de cinq ans qui ne pouvait vivre sans
ses confiseries dominicales. La mère, convaincue des dons
de voyance de sa fille, fit respecter sa mise en garde d'une
main de fer. Mais le petit garçon, profitant d'un instant de
distraction maternelle, s'étrangla avec un bonbon à la can-
nelle qu'il avait croqué en cachette, et on ne put le sauver.

Frau Frida n'avait pas songé à faire de ce don un métier,
jusqu'au jour où la vie la prit à la gorge pendant les cruels
hivers viennois. Alors, elle frappa pour demander un emploi
à la porte de la première maison où elle pensa qu'il ferait bon
vivre, on lui demanda ce qu'elle savait faire et elle répondit
la vérité : « Rêver. » La maîtresse de maison se contenta
d'une brève explication et l'embaucha contre des gages suf-
fisant à peine à ses menues dépenses, mais en échange d'une
bonne chambre et de trois repas par jour. Surtout le petit
déjeuner, qui était le moment où la famille s'asseyait pour
connaître l'avenir immédiat de chacun de ses membres : le
père, un financier distingué; la mère, une femme gaie et passionnée de musique de chambre romantique, et deux enfants

de onze et neuf ans. Ils étaient tous croyants et par là même enclins aux superstitions archaïques, et ils accueillirent avec ravissement Frau Frida à qui ils ne demandaient que de prédire l'avenir quotidien de la famille en interprétant ses rêves.

Elle fit bien et longtemps, surtout pendant les années de guerre, lorsque la réalité était plus sinistre encore que les cauchemars. Elle seule avait le pouvoir de décider, à l'heure du petit déjeuner, ce que chacun devait faire ce jour-là et comment il devait le faire, jusqu'au jour où ses prédictions devinrent l'autorité suprême de la maison. Son empire sur la famille était absolu : même le soupir le plus ténu n'était émis que sur son ordre. Lorsque je la connus à Vienne, le maître de maison venait de mourir et il avait eu l'élégance de lui léguer une partie de ses rentes à la seule condition qu'elle continue de rêver pour les siens jusqu'à la fin de ses rêves.

Je séjournai à Vienne plus d'un mois, partageant l'indigence des étudiants, car j'attendais une somme d'argent qui ne me parvint jamais. Les visites imprévues et la générosité de Frau Frida à la taverne étaient alors comme des fêtes dans notre régime de pénurie. Un soir, dans l'euphorie de la bière, elle me parla à l'oreille avec une conviction qui ne tolérait aucune perte de temps.

« Je suis venue pour te dire que la nuit dernière j'ai rêvé de toi, me dit-elle. Tu dois partir tout de suite et ne plus remettre les pieds à Vienne pendant les cinq prochaines années. »

Sa conviction était telle que le soir même je pris le dernier train pour Rome. Et je fus si impressionné que depuis ce jour je me considère comme le survivant d'une catastrophe qui ne m'est pas arrivée. Je n'ai jamais remis les pieds à Vienne.

Avant le cataclysme de La Havane, je revis Frau Frida à Barcelone, lors d'une rencontre si fortuite et si inattendue qu'elle me sembla mystérieuse. Ce fut le jour où Pablo Neruda posa le pied en terre espagnole pour la première fois depuis la guerre civile, à l'escale d'un lent voyage en mer jusqu'à Valparaíso. Il passa avec nous toute une matinée à fouiner dans les librairies d'ancien, et chez Porter il acheta un vieux livre, dérelié et défraîchi, pour lequel il paya au moins l'équivalent de deux mois de son salaire au consulat de Rangoon. Il se déplaçait parmi les gens comme un éléphant invalide, manifestant un intérêt infantile pour le mécanisme interne de chaque chose, car le monde lui semblait un immense jouet mécanique qui servait à inventer la vie.

Je n'ai connu personne qui ressemblât plus à l'idée que l'on peut se faire d'un pape de la Renaissance : glouton et raffiné. Même contre sa volonté, c'était toujours lui qui présidait à table. Matilde, son épouse, nouait à son cou une serviette qui évoquait davantage une serviette de barbier qu'une serviette de table mais c'était la seule façon d'empêcher qu'il ne se couvre de sauce. Ce jour-là, chez Carvalleiras, il fut exemplaire. Il mangea trois langoustes entières en les décortiquant avec un art de chirurgien tout en dévorant des yeux les assiettes des autres convives et, gagné par une gourmandise qui communiquait l'envie de manger, picora dans les unes ou les autres : clovisses de Galice, pousse-pieds de Bilbao, langoustines d'Alicante, *espardenyas* de la Costa Brava. Dans le même temps, à l'instar des Français, il ne parlait que de raffinements culinaires et en particulier des fruits de mer préhistoriques du Chili qu'il portait dans son cœur. Soudain, il s'arrêta de manger, dressa ses antennes de homard et me dit tout bas :

« Il y a quelqu'un derrière moi qui ne cesse de me regarder. »

Je jetai un coup d'œil par-dessus son épaule : c'était vrai. Derrière lui, trois tables plus loin, une femme impavide coiffée d'un chapeau de feutre démodé, une écharpe violette autour du cou, mastiquait avec lenteur, les yeux rivés sur lui. Je la reconnus sur-le-champ. Elle avait vieilli et grossi, mais c'était elle, avec, à l'index, sa bague en forme de serpent.

Elle arrivait de Naples et avait fait le voyage par le même bateau que les Neruda mais ils ne s'étaient pas vus à bord. Nous l'invitâmes à prendre le café à notre table et je la priai de parler de ses rêves afin d'étonner le poète. Mais celui-ci dédaigna de l'entendre et déclara tout à trac qu'il ne croyait pas aux oracles des rêves.

« Seule la poésie est extralucide », dit-il.

Après le déjeuner, au cours de l'inévitable promenade sur les Ramblas, je m'attardai exprès avec Frau Frida afin de raviver des souvenirs loin des oreilles indiscrètes. Elle me raconta qu'elle avait vendu ses propriétés en Autriche et qu'elle vivait retirée à Porto dans une maison qu'elle décrivit comme un faux château perché sur une colline d'où l'on voyait tout l'océan jusqu'aux Amériques. Elle ne m'en toucha mot, mais à ses propos il était évident que, de rêve en rêve, elle avait fini par s'approprier la fortune de ses ineffables patrons viennois. Je n'en fus pas surpris outre mesure parce que j'avais toujours pensé que ses rêves n'étaient qu'un stratagème qui lui permettait de survivre. Je le lui dis.

Elle éclata de son rire irrésistible. « Tu es toujours aussi insolent », me dit-elle. Puis elle se tut parce que le reste du groupe s'était arrêté pour attendre que Neruda ait fini de parler en jargon chilien avec les perroquets des Ramblas. Lorsque nous reprîmes notre conversation, Frau Frida changea de sujet.

« A propos, me dit-elle, tu peux retourner à Vienne. »

Alors, je me rendis compte soudain que treize ans avaient passé depuis que nous nous étions rencontrés.

« Même si tes rêves sont faux, je ne retournerai pas à Vienne, lui dis-je. On ne sait jamais. »

A trois heures, nous prîmes congé d'elle afin d'accompagner Neruda à sa sieste sacrée. Il la fit chez nous, après des préparatifs solennels qui n'étaient pas sans rappeler la cérémonie du thé au Japon. Il fallait ouvrir des fenêtres et en fermer d'autres afin que règnent la bonne température, une certaine lumière dans une certaine direction et un silence absolu. Neruda s'endormit à l'instant et se réveilla dix minutes plus tard, comme les enfants, au moment où nous nous y attendions le moins. Il apparut dans le salon, en pleine forme, le monogramme de l'oreiller imprimé sur sa joue.

« J'ai rêvé de cette femme qui rêve », dit-il.

Matilde voulut qu'il raconte son rêve.

« J'ai rêvé qu'elle rêvait de moi, dit-il.

— Ça, c'est du Borges », répliquai-je.

Il me regarda, déçu :

« C'est déjà écrit?

— Si ça ne l'est pas, il l'écrira un jour. Ce sera un de ses labyrinthes. »

A six heures du soir, aussitôt monté à bord, Neruda prit congé de nous, s'assit à une table écartée et commença d'écrire des vers limpides, trempant sa plume dans l'encre verte avec laquelle il dessinait des fleurs, des poissons, des oiseaux en guise de dédicaces à ses livres. Au premier coup de sirène, nous cherchâmes Frau Frida et la trouvâmes sur le pont des secondes au moment où nous allions repartir sans lui avoir dit adieu. Elle aussi venait de se réveiller de la sieste.

« J'ai rêvé du poète », nous dit-elle.

Abasourdi, je lui demandai de me raconter son rêve.

« J'ai rêvé qu'il rêvait de moi », dit-elle et, troublée par mon expression ahurie, elle ajouta : « Que veux-tu, parmi tous ces rêves, de temps en temps il y en a un qui n'a rien à voir avec la réalité. »

Je ne la revis plus et ne m'inquiétai pas davantage de son sort jusqu'au jour où j'appris la mort de la femme à la bague en forme de serpent dans le naufrage de l'hôtel Riviera. Je ne pus m'empêcher d'interroger l'ambassadeur du Portugal lorsque, quelques mois plus tard, je fis sa connaissance au cours d'une réception diplomatique. Il me parla d'elle avec grand enthousiasme et une énorme admiration. « Vous ne vous imaginez pas à quel point elle était extraordinaire, me dit-il. Vous n'auriez pas résisté à la tentation d'écrire un conte sur elle. » Et il poursuivit sur le même ton, avec des détails surprenants mais dont pas un seul ne me permettait d'arriver à une conclusion finale.

« Mais en définitive, finis-je par lui dire, que faisait-elle?

— Rien, me répondit-il, d'un ton de légère déception. Elle rêvait. »

Mars 1980

JE NE VOULAIS QUE TÉLÉPHONER

Par une après-midi de pluies printanières, alors qu'elle se rendait seule à Barcelone au volant d'une voiture louée, María de la Luz Cervantes tomba en panne dans le désert des Monegros. C'était une Mexicaine de vingt-sept ans, jolie et sérieuse, qui avait quelques années plus tôt connu un certain succès comme actrice de variétés. Elle était mariée à un illusionniste qu'elle allait rejoindre ce jour-là après avoir rendu visite à des parents du côté de Saragosse. Au bout d'une heure de signaux désespérés aux voitures et aux camions qui passaient en trombe dans la bourrasque, le chauffeur d'un autocar délabré eut pitié d'elle. Il la prévint toutefois qu'il n'allait pas bien loin.

« Ça ne fait rien, dit María. Tout ce qu'il me faut c'est un téléphone. »

C'était vrai car il lui fallait prévenir son mari qu'elle ne serait pas rentrée avant sept heures du soir. Avec son manteau d'étudiante et ses sandales de plage en plein mois d'avril, on aurait dit un petit oiseau tout mouillé, et l'incident l'avait à ce point choquée qu'elle avait oublié de prendre les clés de la voiture. Une femme à l'allure militaire mais aux gestes doux qui voyageait près du conducteur lui tendit une serviette et une couverture et lui fit une place à côté d'elle. Après s'être à demi essuyée, María s'assit, s'enveloppa dans la couverture et tenta d'allumer une cigarette mais ses allumettes étaient mouillées. Sa voisine lui donna du feu et lui demanda une des cigarettes qui étaient restées sèches. Tandis qu'elles fumaient, María céda à l'envie de s'épancher et sa voix couvrit le bruit de la pluie et les toussotements de l'autocar. La femme l'interrompit, un doigt sur les lèvres.

« Elles dorment », murmura-t-elle.

María jeta un regard par-dessus son épaule et vit que l'autobus était rempli de femmes d'âge indéterminé et de condition inégale qui dormaient emmitouflées dans des couvertures pareilles à la sienne. Gagnée par leur sérénité, María se pelotonna sur son siège et s'abandonna à la rumeur de la pluie. Lorsqu'elle s'éveilla il faisait nuit et l'averse s'était réduite à un serein glacé. Elle n'avait pas la moindre idée du temps qui s'était écoulé pendant son sommeil ni de l'endroit où elle se trouvait. Sa voisine était sur le qui-vive.

« Où sommes-nous? demanda María.

– Nous sommes arrivées », répondit la femme.

L'autocar s'engageait dans la cour pavée d'un bâtiment énorme et sombre qui ressemblait à un ancien couvent au milieu d'un bois d'arbres gigantesques. Les passagères, à peine éclairées par la lanterne de la cour, demeurèrent immobiles jusqu'au moment où la femme à l'allure militaire les fit descendre en leur lançant des ordres frustes, comme à la maternelle. Elles avaient toutes un certain âge et se déplaçaient dans l'obscurité de la cour avec une telle lenteur qu'on eût dit des images d'un rêve. María, la dernière à descendre, pensa que c'étaient des religieuses. Elle changea d'avis lorsqu'elle aperçut plusieurs femmes en uniforme qui les attendaient devant l'autocar, leur couvraient la tête avec les couvertures afin qu'elles ne soient pas mouillées, et les alignaient en file indienne tout en leur intimant des ordres muets au rythme péremptoire de battements de mains. Après avoir pris congé de sa voisine, María voulut lui rendre la couverture, mais celle-ci lui dit de s'en couvrir la tête pour traverser la cour et de la remettre au concierge.

« Y a-t-il un téléphone? demanda María.

– Bien sûr, dit la femme. On va vous y conduire. »

Elle demanda une autre cigarette à María qui lui fit cadeau du reste du paquet mouillé. « Elles sécheront en route », lui dit-elle. Debout sur le marchepied, la femme agita la main en guise d'adieu et lui cria presque : « Bonne chance. » L'autocar démarra sans lui laisser le temps d'ajouter autre chose.

María se mit à courir vers l'entrée du bâtiment. Une gardienne tenta d'abord de la retenir en frappant dans ses mains puis poussa un cri impérieux : « Halte-là, ai-je dit! » María regarda par-dessous la couverture et vit des yeux de glace et un index impitoyable qui lui montrait les rangs. Elle obéit. Dans le vestibule, elle se sépara du groupe et demanda au concierge où elle pouvait trouver un téléphone. L'une des gardiennes la fit rentrer dans le rang à petites tapes dans le dos en lui disant d'une voix très douce :

« Par ici, ma belle, par ici il y a un téléphone. »

María parcourut avec les autres femmes un couloir ténébreux puis pénétra dans un dortoir où les surveillantes ramassèrent les couvertures et commencèrent l'attribution des lits. Une femme différente, qui parut à María plus humaine et de grade plus élevé, inspecta le rang en comparant une liste avec les noms écrits sur des cartons cousus aux corsages des nouvelles recrues. Lorsqu'elle s'arrêta devant María, elle s'étonna de ne voir sur elle aucun signe de son identité.

« Je suis venue pour téléphoner », lui dit María.

Elle lui expliqua en quelques mots que sa voiture était tombée en panne sur la route. Son mari était un prestidigitateur qui se produisait dans des fêtes privées, et il l'attendait à Barcelone où ils avaient trois engagements pour la soirée. Elle voulait le prévenir qu'elle n'arriverait pas à temps pour l'accompagner. Il était presque sept heures. Il devait être sur le point de partir et elle avait peur qu'il n'annulât tout à cause de son retard. La surveillante semblait l'écouter avec attention.

« Comment t'appelles-tu? » lui demanda-t-elle.

María déclina son nom en poussant un soupir de soulagement tandis que la femme lisait et relisait la liste sans le trouver. Elle se renseigna, inquiète, auprès d'une autre gardienne et celle-ci, n'ayant rien à dire, haussa les épaules.

« Mais je ne suis venue que pour téléphoner, insista María.

– D'accord, ma belle, d'accord, lui dit la supérieure en la poussant vers son lit avec une douceur trop ostensible pour être authentique. Si tu es bien sage tu pourras téléphoner à qui tu veux. Mais pas maintenant, demain. »

Quelque chose se produisit alors dans l'esprit de María qui

lui fit comprendre pourquoi les femmes de l'autocar se déplaçaient comme au fond d'un aquarium. On leur avait administré des calmants et ce palais obscur, avec ses murs épais en pierre de taille et ses escaliers glacials, était en réalité un hôpital pour malades mentales. Effrayée, elle s'échappa en courant du dortoir mais avant qu'elle n'atteigne la porte, une gardienne gigantesque en bleu de mécanicien l'arrêta d'un coup de patte et la cloua au sol d'une prise magistrale. María la regarda de côté, paralysée par la terreur.

« Pour l'amour de Dieu, dit-elle. Je jure sur la tête de ma mère que je ne suis venue que pour téléphoner. »

Il lui suffit d'entrevoir le faciès de cette énergumène en bleu de travail, que l'on surnommait Herculina en raison de sa force démesurée, pour comprendre que toute prière était inutile. Elle était chargée des cas difficiles, et deux recluses étaient mortes étranglées par son bras d'ours polaire dressé à l'art de tuer par inadvertance. Pour le premier cas, on démontra qu'il s'agissait d'un accident. Pour le second, les choses furent moins évidentes et Herculina fut sanctionnée et prévenue que la prochaine fois elle serait l'objet d'une enquête approfondie. Mais la rumeur courait que cette brebis égarée appartenant à une famille illustre avait derrière elle une carrière d'accidents douteux dans plusieurs asiles d'Espagne.

La première nuit, pour la faire dormir, on dut faire à María une piqûre de somnifère. Avant le lever du jour, lorsque l'envie de fumer la réveilla, elle se découvrit attachée par les poignets et les chevilles aux barreaux du lit. Personne n'accourut à ses cris. Dans la matinée, tandis qu'à Barcelone son mari ne trouvait nulle part aucune trace d'elle, on dut la conduire à l'infirmerie car on l'avait découverte sans connaissance dans la fange de ses propres immondices.

Elle ne sut pas combien de temps avait passé quand elle revint à elle. Le monde lui semblait un paradis d'amour, et au pied de son lit se tenait un vieillard monumental à la démarche de plantigrade et au sourire apaisant qui, en deux temps trois mouvements, lui rendit sa joie de vivre. C'était le directeur de l'hôpital.

Avant de lui expliquer quoi que ce soit ou même de lui dire bonjour, María lui demanda une cigarette. Il lui en tendit

une allumée et lui fit cadeau d'un paquet presque plein.
María ne put retenir ses larmes.

« Vas-y, pleure tout ton soûl, lui dit le médecin d'une voix
lénifiante. Il n'est meilleur remède que les larmes. »

María s'épancha sans pudeur comme elle n'avait jamais
réussi à le faire avec ses amants d'un soir pendant le désœuvrement d'après l'amour. Tout en l'écoutant, le médecin lui
passait les doigts dans les cheveux, tapotait son oreiller afin
qu'elle respire mieux, la guidait dans les arcanes de son
incertitude avec une sagesse et une douceur dont elle n'avait
jamais rêvé. C'était, pour la première fois de sa vie, le prodige d'être comprise par un homme qui l'écoutait de toute
son âme sans espérer en retour coucher avec elle. Au bout
d'une longue heure, ayant tout dit, elle lui demanda l'autorisation de téléphoner à son mari.

Le médecin se leva avec toute la majesté de son rang.
« Pas encore, ma reine, lui dit-il en lui donnant sur la joue la
petite tape la plus tendre qu'elle eût jamais reçue. Chaque
chose en son temps. » Et il lui adressa de la porte une bénédiction épiscopale avant de disparaître à tout jamais.

« Aie confiance en moi », lui dit-il.

Cette même après-midi, on inscrivit María à l'asile sous
un numéro suivi d'un commentaire succinct sur le mystère
de sa provenance et les doutes quant à son identité. Dans la
marge, on pouvait lire cette épithète écrite de la main du
directeur : agitée.

Ainsi que María l'avait prévu, son mari quitta leur
modeste appartement du quartier de Horta avec une demi-
heure de retard afin de donner les trois représentations
convenues. En deux années d'union libre et de bonne entente
c'était la première fois qu'elle n'était pas à l'heure, et il attri-
bua son retard à la férocité des pluies qui s'étaient abattues
sur la province toute la fin de la semaine. Avant de partir, il
épingla à la porte un message avec l'itinéraire de la soirée.

A la première fête, où tous les enfants étaient déguisés en
kangourous, il renonça à son prodigieux numéro de poissons
invisibles car il ne pouvait l'exécuter sans son aide. La
deuxième avait lieu chez une vieille femme de quatre-vingt-
treize ans qui se déplaçait en fauteuil roulant et se vantait

d'avoir fêté ses trente derniers anniversaires en louant les services de trente prestidigitateurs différents. Il était si contrarié par le retard de María qu'il ne put se concentrer sur les tours les plus simples. La troisième fête se déroulait comme tous les soirs dans un café-théâtre des Ramblas, où il se produisit sans génie devant un groupe de touristes français qui ne purent croire à ce qu'ils voyaient parce qu'ils refusaient de croire à la magie. Après chaque représentation, il appelait chez lui dans l'espoir, toujours vain, qu'elle réponde. A la fin, il ne put éviter d'être gagné par l'inquiétude qu'il lui fût arrivé quelque chose.

En rentrant chez lui dans la camionnette équipée pour ses attractions, il vit la splendeur du printemps sur les palmiers du paseo de Gracia et frémit au pressentiment funeste de la ville sans María. Son dernier espoir s'évanouit lorsqu'il trouva son message encore épinglé à la porte. Il était si contrarié qu'il en oublia de donner à manger au chat.

Je ne m'aperçois qu'à présent, en écrivant ces lignes, que je n'ai jamais su son vrai nom car à Barcelone on ne le connaissait que sous son nom de scène : Saturno le magicien. C'était un homme au caractère changeant et d'une maladresse incorrigible en société, mais María possédait à l'envi le tact et la grâce qui lui manquaient. C'était elle qui le guidait dans cette communauté si mystérieuse où il ne serait venu à l'idée de personne de décrocher le téléphone après minuit pour demander à un ami s'il savait où se trouvait sa femme. Saturno l'avait fait aux premiers temps de leur arrivée et préférait ne pas s'en souvenir. De sorte que, cette nuit-là, il se contenta d'appeler Saragosse où une grand-mère à moitié endormie lui répondit d'un ton serein que María était partie après le déjeuner. C'est à peine s'il dormit une heure au lever du jour. Dans un rêve glauque, María lui apparut vêtue d'une robe de mariée en lambeaux, éclaboussée de sang, et il se réveilla avec l'épouvantable conviction qu'elle l'avait une fois encore et pour toujours laissé à la merci de ce vaste monde où elle n'était pas.

Au cours des cinq dernières années, elle avait déjà agi de la sorte à trois reprises, avec trois hommes différents dont lui. Elle l'avait abandonné à Mexico six mois après leur rencontre, alors qu'ils agonisaient de bonheur sous l'empire d'un amour dément dans une chambre de bonne de la Colonia Anzures. Un matin, après une nuit d'excès inavouables, il ne la trouva pas auprès de lui en s'éveillant. Elle avait laissé tout ce qu'elle possédait, même l'alliance de son précédent mariage, ainsi qu'une lettre dans laquelle elle disait qu'elle était incapable de survivre aux tourments de cet amour débridé. Saturno pensa qu'elle était retournée chez son premier mari, un ancien camarade de collège qu'elle avait épousé en cachette alors qu'elle était mineure, puis quitté pour un autre au bout de deux années sans amour. Mais non : elle était retournée chez ses parents où Saturno la rejoignit pour la reprendre à n'importe quel prix. Il la supplia sans conditions, lui promit mille fois plus que ce qu'il était prêt à lui donner, mais se heurta à une détermination invincible. « Il y a des amours qui durent et d'autres qui ne durent pas », lui dit-elle. Et de conclure sans miséricorde : « Celui-ci n'aura pas duré. » Il se rendit à son intransigeance. Cependant, un matin de Toussaint, en rentrant dans sa chambre d'orphelin après une année d'oubli ou presque, il la trouva endormie sur le divan du salon avec la couronne de fleurs d'oranger et la longue traîne vaporeuse des fiancées vierges.

María lui raconta la vérité. Son nouveau fiancé, un veuf sans enfants qui jouissait d'une bonne situation et s'était déclaré prêt à se remarier à l'église pour le restant de ses jours, lui avait faussé compagnie alors qu'elle l'attendait vêtue de blanc au pied de l'autel. Ses parents avaient décidé de faire quand même la fête. Elle avait joué le jeu, dansé, chanté avec les *mariachis*, bu plus que de raison et, en proie à d'épouvantables et tardifs remords, était partie à minuit à la recherche de Saturno.

Il n'était pas chez lui mais elle trouva les clés dans le pot de fleurs du corridor, à l'endroit même où ils les avaient toujours cachées. Cette fois, ce fut elle qui se rendit sans conditions. « Et on peut savoir jusqu'à quand? » lui demanda-t-il. En réponse, elle lui récita un vers de Vinicius de Moraes : « L'amour est éternel tant qu'il dure. » Deux ans plus tard il était toujours éternel.

María devint plus mûre. Elle renonça à ses rêves d'actrice

et se consacra à lui, au lit comme sur scène. A la fin de l'année précédente, ils avaient assisté à un congrès de presti-digitation à Perpignan et, sur le chemin du retour, passèrent par Barcelone. La ville leur plut et ils y vivaient depuis huit mois, ayant gagné assez d'argent pour s'acheter, dans le quartier très catalan de la Horta, un appartement bruyant et sans concierge, mais assez spacieux pour y loger cinq enfants. Ils y connurent le bonheur jusqu'à cette fin de semaine où elle loua une voiture pour aller voir sa famille de Saragosse en promettant d'être de retour le lundi soir à sept heures. Le jeudi, à l'aube, elle n'avait toujours pas donné signe de vie.

Le lundi suivant, la compagnie d'assurances de la voiture louée téléphona et demanda María. « Je ne suis au courant de rien, dit Saturno. Cherchez-la à Saragosse. » Et il raccrocha. Une semaine plus tard, un policier en civil se présenta chez lui et déclara qu'on avait retrouvé la voiture à l'état de squelette dans un chemin de traverse non loin de Cadix, à neuf cents kilomètres de l'endroit où María l'avait abandonnée. Le policier voulait savoir si María pouvait fournir des détails sur ce vol. Saturno était en train de donner à manger au chat et c'est à peine s'il lui accorda un regard pour lui dire tout à trac de ne pas perdre son temps, que sa femme avait quitté le domicile conjugal et qu'il ne savait ni avec qui ni pour où. Sa conviction était telle que le policier se sentit mal à l'aise et lui fit des excuses. On classa l'affaire.

La crainte que María pût de nouveau fuguer s'était emparée de Saturno pendant un week-end de Pâques, à Cadaqués, où Rosa Regás les avait invités à faire un tour en voilier. Nous étions au Maritim, un bar sordide et bondé fréquenté par la *gauche divine** au crépuscule du franquisme, assis sur des chaises en fer à l'une de ces tables de fer où l'on tient à six et l'on s'assoit à vingt. Après avoir fumé son deuxième paquet de cigarettes de la journée, María manqua d'allumettes. Un bras grêle au duvet viril, orné d'un bracelet de bronze romain, se fraya un passage dans la pagaille de la table et lui offrit du feu. Elle le remercia sans le voir mais Saturno le magicien, lui, le vit. C'était un adolescent au

* En français dans le texte.

visage osseux et imberbe, aussi pâle que la mort, avec une queue de cheval très noire qui lui tombait jusqu'à la taille. Les vitres du bar résistaient à peine à la furie de la tramontane printanière, mais il était vêtu d'une espèce de pyjama de ville en coutil et chaussé de sabots de laboureur.

Ils ne le revirent qu'à la fin de l'automne dans un restaurant de fruits de mer de la Barcelonette, vêtu du même ensemble d'indienne bon marché, avec une longue tresse à la place de la queue de cheval. Il les salua tous les deux comme de vieux amis, et Saturno, en le voyant embrasser María et celle-ci lui rendre son baiser, fut foudroyé par la certitude qu'ils s'étaient rencontrés à son insu. Quelques jours plus tard, il trouva par hasard un nouveau nom et un nouveau numéro de téléphone écrits de la main de María sur le répertoire de la maison, et la lucidité inclémente de la jalousie lui révéla de qui il s'agissait. Le curriculum social de l'intrus fut comme un coup de grâce : vingt-deux ans, fils unique d'une riche famille, décorateur de vitrines de mode, avec une réputation bien assise de bisexuel et un prestige fondé de consolateur entretenu de femmes mariées. Pourtant, Saturno parvint à se dominer jusqu'au soir où María ne rentra pas à la maison. Puis il se mit à appeler le jeune homme tous les jours, d'abord toutes les deux ou trois heures, de six heures du matin jusqu'au matin suivant, puis toutes les fois qu'un téléphone lui tombait sous la main. Que personne ne réponde intensifiait son martyre.

Le quatrième jour, une Andalouse décrocha et lui dit qu'elle n'était là que pour faire le ménage. « Monsieur est parti », ajouta-t-elle, en restant assez vague pour le rendre fou. Saturno ne résista pas à la tentation de lui demander si par hasard Mademoiselle María était là.

« Aucune María n'habite ici, monsieur, dit la femme de ménage. Monsieur est célibataire.

– Je le sais bien, lui dit-il, elle n'habite pas là, mais elle vient quelquefois, n'est-ce pas ? »

La femme se rebiffa.

« Mais merde enfin, qui est à l'appareil ? »

Saturno raccrocha. La mauvaise humeur de l'employée lui parut une confirmation supplémentaire de ce qui n'était déjà plus pour lui un soupçon mais une certitude brûlante. Il perdit tout contrôle. Les jours suivants il appela par ordre alphabétique tous ceux qu'il connaissait à Barcelone. Personne ne le renseigna, mais chaque coup de fil aggravait son malheur car sa jalousie délirante était devenue célèbre parmi les noctambules impénitents de la *gauche divine*, et on lui répondait par des plaisanteries de toutes sortes à seule fin de le faire souffrir. Alors, il comprit à quel point il était seul dans cette ville superbe, capricieuse et impénétrable, où il ne serait plus jamais heureux. A l'aube, après avoir donné à manger au chat, il ferma son cœur pour ne pas mourir, et prit la décision d'oublier María.

Deux mois plus tard, María ne s'était toujours pas adaptée à la vie de l'asile. Elle survivait en grignotant à grand-peine sa pitance de prison à l'aide de couverts enchaînés à l'immense table de bois brut, le regard fixé sur la lithographie du général Franco qui présidait le lugubre réfectoire médiéval. Au début elle se refusait à participer aux heures canoniales et à la routine niaise des matines, laudes, vêpres et autres offices qui occupaient la plupart du temps. Elle refusait de jouer au ballon dans la cour de récréation et de travailler dans l'atelier de fleurs artificielles qu'un groupe de recluses animait avec une énergie frénétique. Mais à partir de la troisième semaine elle s'acclimata peu à peu à la vie du cloître. Après tout, disaient les médecins, au début c'est toujours comme ça, mais tôt ou tard elles finissent par s'intégrer à la communauté.

Le manque de cigarettes, assouvi les premiers temps grâce à une surveillante qui en vendait à prix d'or, revint la tourmenter lorsque s'épuisa le peu d'argent qu'elle avait sur elle. Elle se consola par la suite avec les cigarettes roulées dans du papier journal que les recluses confectionnaient avec des mégots ramassés dans les poubelles, car son obsession du tabac était devenue aussi intense que celle du téléphone. Les quelques pesetas qu'elle gagna plus tard en fabriquant des fleurs artificielles lui apportèrent un soulagement éphémère.

Le plus dur était la solitude de la nuit. De nombreuses recluses restaient, comme elle, éveillées dans la pénombre, mais n'osaient rien tenter car la surveillante de nuit veillait aussi sur la grande porte que fermait une chaîne cadenassée.

Une nuit, cependant, accablée de chagrin, elle demanda à voix assez haute pour que l'entende sa voisine de lit :

« Où sommes-nous? »

La voix grave et lucide de sa voisine répondit :

« Dans les profondeurs de l'enfer.

– On dit qu'ici c'est une terre de Maures, s'écria un peu plus loin une autre voix, qui résonna dans tout le dortoir. Et ce doit être vrai parce que en été, quand la lune est pleine, on entend les chiens aboyer vers la mer. »

On entendit alors le bruit de la chaîne frappant les anneaux telle une ancre de galion, et la porte s'ouvrit. Le cerbère, seul être qui semblait vivant dans le silence environnant, commença à arpenter le dortoir d'une extrémité à l'autre. María frémit : elle seule savait pourquoi.

Dès sa première semaine à l'asile, la surveillante de nuit lui avait proposé sans détour de dormir avec elle dans la chambre de garde. Elle commença par un procédé commercial concret : troquer son amour contre des cigarettes, contre du chocolat, contre n'importe quoi. « Tu auras tout, lui disait-elle, pantelante. Tu seras comme une reine. » Devant le refus de María, la surveillante changea de méthode. Elle lui glissait des billets doux sous l'oreiller, dans les poches de sa blouse, dans les endroits les plus inattendus. C'étaient des messages suppliants et déchirants capables d'émouvoir même les pierres. La nuit où eut lieu l'incident dans le dortoir, il y avait un peu plus d'un mois qu'elle semblait résignée à la défaite.

Quand elle fut certaine que toutes les recluses dormaient, la surveillante s'approcha du lit de María, et lui murmura à l'oreille toutes sortes de tendres obscénités, cependant qu'elle déposait des baisers sur son visage, son cou raidi par la terreur, ses bras crispés, ses jambes lasses. Enfin, croyant peut-être que ce qui paralysait María n'était pas la peur mais un consentement secret, elle s'aventura plus loin. María lui assena alors du revers de la main un coup qui l'envoya contre le lit voisin. La gardienne se releva, furibonde, dans un vacarme de recluses affolées.

« Salope, hurla-t-elle. On pourrira toutes les deux dans cette porcherie jusqu'à ce que tu deviennes folle de moi. »

Le premier dimanche de juin, l'été survint sans s'être annoncé, et l'on dut prendre des mesures d'urgence parce que les recluses étouffaient et ôtaient leurs chasubles d'étamine en pleine messe. María assista amusée au spectacle des malades les fesses à l'air chassées comme des poules aveugles par les surveillantes dans la nef et les bas-côtés. Au milieu de la confusion, elle tenta de se protéger des coups lancés en-veux-tu-en-voilà, et sans savoir comment elle se retrouva seule dans un bureau abandonné, où la sonnerie d'un téléphone retentissait sans relâche avec une tonalité de supplique. María décrocha sans même y prendre garde et entendit une voix lointaine et joyeuse qui jouait à imiter l'horloge parlante :

« Quarante-cinq heures, quatre-vingt-douze minutes et cent sept secondes.

– Pédé », dit María.

Elle raccrocha en souriant. Sur le point de quitter la pièce, elle s'aperçut qu'elle était en train de laisser passer une occasion qui ne se représenterait jamais. Alors elle composa les six chiffres avec une anxiété et une hâte telles qu'elle n'était même pas sûre d'avoir fait le bon numéro. Elle attendit, le cœur battant à tout rompre, entendit la sonnerie familière, avide et triste, une fois, deux fois, trois fois, et enfin la voix de l'homme de sa vie, chez elle et sans elle.

« Allô? »

Il lui fallut attendre que se délie le nœud de larmes qui s'était formé dans sa gorge.

« Mon lapin, ma vie », soupira-t-elle.

Les sanglots eurent raison d'elle. A l'autre bout de la ligne il y eut un bref silence d'épouvante et la voix échauffée par la jalousie cracha les mots :

« Sale pute! »

Et il raccrocha.

Le même soir, en proie à un délire frénétique, María décrocha du mur du réfectoire la lithographie du général Franco, la lança de toutes ses forces sur le vitrail donnant sur le jardin et s'écroula en sang. Elle eut encore assez de rage pour se battre avec les gardiennes qui tentèrent de la maîtriser sans y parvenir jusqu'à ce qu'elle voie Herculina debout dans l'embrasure de la porte, bras croisés, qui la regardait. Elle rendit les armes. Malgré cela, elles la traînèrent au pavillon des folles dangereuses, la terrassèrent d'un jet d'eau glacée et lui injectèrent de la térébenthine dans les jambes. Incapable de marcher à cause de l'inflammation consécutive, María se rendit compte qu'il n'y avait rien au monde qu'elle ne serait capable d'inventer pour échapper à cet enfer. La semaine suivante, de retour au dortoir, elle se leva sur la pointe des pieds et frappa à la porte de la cellule de la surveillante de nuit.

Le prix que María exigea à l'avance fut de faire parvenir un message à son mari. La surveillante accepta, à condition que le secret de leur pacte fût absolu. Et elle pointa vers elle un index impitoyable.

« Si un jour ça se sait, tu es une femme morte. »

C'est ainsi que Saturno le magicien se rendit à l'asile des folles le samedi suivant, au volant de la camionnette de cirque pomponnée pour fêter le retour de María. Le directeur en personne le reçut dans son bureau aussi propre et rangé qu'un navire de guerre, et lui dressa un bilan affectueux de l'état de santé de son épouse. Personne ne savait ni comment ni quand ni d'où elle était arrivée car le premier renseignement sur son internement était le rapport consigné sur le registre officiel qu'il avait lui-même dicté après l'avoir examinée. Une enquête entreprise le même jour n'avait mené à rien. En tout cas, ce qui intriguait le plus le directeur était de savoir comment Saturno avait eu connaissance de l'endroit où se trouvait son épouse. Saturno protégea la surveillante.

« Par la compagnie d'assurances de la voiture », dit-il.

Le directeur, satisfait, répondit : « J'ignore comment font les compagnies d'assurances pour tout savoir. » Il jeta un coup d'œil au dossier qui était sur son bureau d'ascète et conclut :

« Ce qui est sûr, c'est qu'elle est très malade. »

Il était prêt à lui accorder, avec toutes les précautions nécessaires, l'autorisation de la voir, à condition que Saturno le magicien lui promette, pour le bien de son épouse, de s'en tenir au comportement qu'il lui dicterait. Surtout quant à la manière de se conduire avec elle pour éviter qu'elle ne retombe dans ses accès de folie furieuse de plus en plus fréquents et dangereux.

« C'est curieux, dit Saturno. Elle a toujours eu du caractère mais une grande maîtrise d'elle-même. »

Le médecin eut un geste docte. « Certaines conduites demeurent latentes pendant de nombreuses années, dit-il, puis tout à coup elles éclatent au grand jour. C'est encore une chance qu'elle ait atterri ici, parce que nous sommes spécialisés dans les cas qui nécessitent un traitement de choc. » Pour finir, il fit une observation sur la curieuse obsession de María à propos du téléphone.

« Surveillez-la de très près, dit-il.

— Ne craignez rien, docteur, répondit Saturno d'un ton joyeux. Je ne sais faire que ça. »

Le parloir, mi-prison mi-confessionnal, était celui de l'ancien couvent. L'entrée de Saturno ne provoqua pas l'explosion de joie à laquelle tous deux auraient pu s'attendre. María était debout au centre de la salle, à côté d'une petite table, d'un vase sans fleurs et de deux chaises. Avec son lamentable manteau couleur fraise et la paire de chaussures sordides qu'on lui avait donnée par charité, elle était à l'évidence prête à partir. Dans une encoignure, presque invisible, Herculina se tenait debout, bras croisés. María ne bougea pas en voyant entrer son mari, pas plus que son visage encore barré des cicatrices d'éclats de verre n'exprima d'émotion. Leur baiser fut de pure routine.

« Comment vas-tu? lui demanda-t-il.

— Je suis heureuse que tu sois enfin venu, mon lapin, dit-elle. Ici, c'est la mort. »

Ils n'eurent pas le temps de s'asseoir. Étouffée par les larmes, María lui raconta les misères de sa claustration, la barbarie des surveillantes, la nourriture infecte, les nuits interminables passées dans la terreur sans fermer l'œil.

« Je ne sais pas depuis combien de jours, de mois ou d'années je suis ici, dit-elle, mais je sais que chaque jour est pire que la veille. Et, poussant un soupir venu du fond de l'âme, elle ajouta : je crois que je ne serai plus jamais la même.

— C'est fini à présent, lui dit-il en caressant du bout des

doigts les cicatrices récentes de son visage. Je viendrai tous les samedis. Plus souvent même, si le directeur m'y autorise. Tu verras, tout va aller très bien. »

Elle le fixa droit dans les yeux de ses yeux atterrés. Saturno s'essaya à son art de magicien. Il lui livra, sur le ton puéril des grands mensonges, une version adoucie des pronostics du médecin. « En somme, conclut-il, dans quelques jours tu seras complètement remise. » María comprit tout.

« Seigneur Dieu, s'écria-t-elle stupéfaite. Tu ne vas pas croire toi aussi que je suis folle!

– Comment peux-tu penser une chose pareille, dit-il, avec un petit rire forcé. Mais ce serait beaucoup mieux pour tout le monde que tu restes encore un peu ici. Dans de meilleures conditions, bien sûr.

– Mais je t'ai déjà dit que je n'étais venue ici que pour téléphoner! » dit María.

Il ne sut comment réagir à l'obsession redoutée. Il regarda Herculina. Celle-ci en profita pour lui signaler sur sa montre-bracelet qu'il était temps de mettre fin à la visite. María intercepta le signal, regarda derrière elle et vit Herculina prête à l'imminence de l'assaut. Alors, elle s'accrocha au cou de son mari en hurlant comme une véritable folle. Il l'écarta avec tout l'amour dont il était capable et l'abandonna à la merci d'Herculina qui bondit dans son dos. Sans lui laisser le temps de réagir elle lui fit une prise de la main gauche, passa un bras d'acier autour de son cou et rugit à l'adresse de Saturno le magicien :

« Allez-vous-en! »

Saturno s'enfuit épouvanté.

Toutefois, le samedi suivant, remis de l'horreur de la première visite, il revint à l'asile avec le chat habillé comme lui : maillot rouge et jaune du grand Leotardo, haut-de-forme, et une cape immense qui semblait faite pour voler. Il gara la camionnette du spectacle dans la cour du cloître et donna une représentation prodigieuse de presque trois heures à laquelle les recluses, fascinées, assistèrent du haut des balcons en poussant des cris discordants et des ovations à contretemps. Elles étaient toutes là sauf María, qui refusa de recevoir son mari et même de le regarder du balcon. Ce fut pour Saturno une blessure mortelle.

« C'est une réaction typique, lui dit le directeur pour le consoler. Ça passera. »

Mais ça ne passa pas. Après avoir tenté à de nombreuses reprises de voir María, Saturno fit l'impossible pour qu'elle accepte une lettre. Ce fut peine perdue. Quatre fois elle la renvoya sans l'avoir ouverte et sans un mot. Saturno renonça, mais continua pourtant de porter à la réception de l'hôpital les rations de cigarettes, sans même savoir si elles parvenaient à María, jusqu'au jour où la réalité l'emporta.

On ne sut plus rien de lui, sauf qu'il se remaria et rentra dans son pays. Avant de quitter Barcelone, il confia le chat à moitié mort de faim à une petite amie de passage qui lui promit, en outre, de continuer à porter des cigarettes à María. Mais elle aussi disparut. Rosa Regás se souvenait de l'avoir croisée au *Corte Inglès*, une douzaine d'années auparavant, vêtue de la tunique orange d'une quelconque secte orientale, le crâne rasé et enceinte jusqu'aux yeux. Elle lui raconta qu'elle avait porté les cigarettes à María aussi longtemps que possible et répondu à deux ou trois urgences imprévues, jusqu'au jour où elle n'avait trouvé que des ruines, l'hôpital ayant été démoli comme un mauvais souvenir d'une époque funeste. Lors de sa dernière visite, elle avait trouvé María très lucide, un peu grossie peut-être, mais contente de la paix de sa claustration. Ce jour-là, elle était venue avec le chat parce qu'elle avait dépensé tout l'argent laissé par Saturno pour lui acheter à manger.

Avril 1978

ÉPOUVANTES D'UN MOIS D'AOÛT

Nous entrâmes dans Arezzo peu avant midi et perdîmes plus de deux heures à chercher le château Renaissance que l'écrivain vénézuélien Miguel Otero Silva avait acheté dans ce coin idyllique de la campagne toscane. En ce dimanche, au début d'un mois d'août torride et tumultueux, il n'était guère facile de trouver quelqu'un qui sût quelque chose dans les rues débordantes de touristes. Au bout de plusieurs tentatives inutiles nous reprîmes la voiture et quittâmes la ville par un chemin bordé de cyprès sans aucun panneau indicateur, et une vieille gardienne d'oies nous expliqua avec précision comment trouver le château. Avant de nous dire adieu elle nous demanda si nous pensions y passer la nuit et nous lui répondîmes que nous n'avions prévu que d'y rester pour déjeuner.

« Encore heureux, dit-elle, parce que la maison est hantée. »

Ma femme et moi, qui ne croyons pas aux apparitions de midi, nous nous moquâmes de sa crédulité. Mais nos deux enfants, âgés de neuf et sept ans, ne purent dissimuler leur joie à l'idée de faire la connaissance d'un fantôme en chair et en os.

Miguel Otero Silva, écrivain de talent, mais aussi amphitryon magnifique et gourmet raffiné, nous attendait avec un déjeuner inoubliable. Comme nous avions beaucoup tardé, nous n'eûmes pas le temps de visiter le château avant de nous mettre à table, mais son apparence n'avait rien d'effrayant, et toute inquiétude s'envolait lorsque, de la terrasse fleurie où nous déjeunions, la ville tout entière s'offrait à la vue. Il était difficile de croire que sur cette colline flanquée de maisons où vivaient à peine quatre-vingt mille personnes, tant d'hommes au génie impérissable fussent nés. Toutefois, Miguel Otero Silva nous déclara avec son humour caribéen que l'homme le plus insigne d'Arezzo ne faisait pas partie de leur nombre.

« Le plus grand, affirma-t-il, fut Ludovico. »

Comme ça, sans nom de famille : Ludovico, le grand seigneur des arts et de la guerre, qui avait bâti le château pour son malheur, et dont Miguel nous entretint tout au long du déjeuner. Il nous parla de son pouvoir immense, de son amour contrarié et de sa mort épouvantable. Il nous raconta comment, en un instant de folie du cœur, il avait poignardé sa dame dans le lit où ils venaient de s'aimer, puis excité contre lui ses féroces chiens de guerre qui le déchiquetèrent à belles dents. Il nous affirma, avec le plus grand sérieux, qu'à partir de minuit le spectre de Ludovico hantait la maison plongée dans les ténèbres, pour tenter de trouver la paix dans son purgatoire d'amour.

Le château était en fait immense et sombre. Mais dans la lumière du jour, avec l'estomac plein et le cœur content, nous ne pouvions que prendre le récit de Miguel pour une de ses nombreuses plaisanteries qui amusaient ses invités. Les quatre-vingt-deux pièces que nous parcourûmes sans étonnement après la sieste avaient subi de la part de leurs propriétaires successifs toutes sortes de transformations. Miguel avait fait restaurer l'ensemble du rez-de-chaussée et aménager pour son usage personnel une chambre moderne dallée de marbre, un sauna et une salle de culture physique, ainsi que la terrasse aux fleurs exubérantes où nous avions déjeuné. Le premier étage, le plus fréquenté au cours des siècles précédents, était une succession de pièces sans aucun caractère, décorées de meubles de différentes époques abandonnés à leur sort. Mais la dernière était une chambre à coucher intacte où le temps avait oublié de passer. C'était celle de Ludovico.

Ce fut un instant magique. Là, se trouvaient le lit au baldaquin brodé de fils d'or et la courtepointe, prodige de passementerie où avait durci, en séchant, le sang de l'amante

sacrifiée. On y voyait la cheminée et les cendres glacées de
la dernière bûche transformée en pierre, l'armoire et ses
armes bien fourbies, et dans un cadre d'or le portrait à l'huile
du chevalier pensif, exécuté par l'un de ces maîtres florentins qui n'eurent pas la fortune de survivre à leur époque.
Pourtant, ce qui m'impressionna le plus fut l'odeur de fraises
fraîches qui, sans explication possible, demeurait comme en
suspens dans l'air de la chambre à coucher.

En Toscane, les jours d'été sont longs et languissants et
l'horizon reste à sa place jusqu'à neuf heures du soir. Le tour
du château terminé, il était cinq heures passées et Miguel
insista pour nous emmener voir les fresques de Piero Della
Francesca à l'église de San Francesco puis, sous l'une des
pergolas de la place, nous bavardâmes autour d'un café et
lorsque nous rentrâmes prendre nos bagages, le couvert était
mis. De sorte que nous restâmes pour dîner.

Pendant le repas sous un ciel mauve paré d'une seule
étoile, les enfants allèrent dans la cuisine chercher des
torches et partirent explorer les ténèbres des étages supé-
rieurs. De la table nous entendions leurs galopades de che-
vaux sauvages dans les escaliers, les gémissements des
portes, les cris de joie pour appeler Ludovico dans les pièces
ténébreuses. C'est à eux que revint la mauvaise idée de rester
dormir. Miguel Otero Silva les approuva avec joie, et devant
lui nous n'eûmes pas le courage de leur dire non.

Au contraire de ce que je craignais, nous dormîmes fort
bien ma femme et moi dans une des chambres du rez-de-
chaussée, et mes enfants dans celle d'à côté. Toutes deux
avaient été modernisées et n'avaient rien de sinistre. Pendant
que je tentais de trouver le sommeil, je comptai les douze
coups insomniaques de la pendule du salon, et je me remé-
morai tout à coup l'épouvantable avertissement de la gardienne d'oies. Mais nous étions si fatigués que nous som-
brâmes très vite dans un sommeil lourd et ininterrompu. Je
me réveillai à sept heures passées alors qu'un soleil splen-
dide brillait dans la vigne vierge de la fenêtre. Près de moi,
ma femme voguait sur la mer paisible de l'innocence.
« Quelle stupidité, me dis-je, de croire encore aux fantômes
de nos jours. » C'est alors qu'une odeur de fraises tout juste

cueillies me fit tressaillir et que j'aperçus la cheminée, les
cendres froides, la dernière bûche transformée en pierre et le
portrait du gentilhomme au regard triste qui nous contemplait depuis trois siècles dans son cadre d'or. Car nous
n'étions pas dans la chambre du rez-de-chaussée où nous
nous étions couchés mais dans celle de Ludovico, sous le ciel
de lit aux rideaux poussiéreux, entre les draps trempés du
sang encore chaud de sa couche maudite.

Octobre 1980

MARÍA DOS PRAZERES

L'employé des pompes funèbres fut à ce point ponctuel
que María dos Prazeres, en peignoir de bain et la tête cou-
verte de bigoudis, eut à peine le temps de glisser une rose
rouge à son oreille afin de ne pas paraître aussi peu désirable
qu'elle avait l'impression de l'être. Elle regretta d'autant
plus sa tenue qu'en ouvrant la porte elle vit non pas un
notaire lugubre, comme elle se figurait les commerçants de la
mort, mais un jeune homme timide portant une veste à carreaux et une cravate imprimée d'oiseaux de toutes les couleurs. Il n'avait pas de pardessus en dépit du printemps incer-
tain de Barcelone que les vents doux et pluvieux rendaient
souvent moins supportable que l'hiver. María dos Prazeres,
qui avait reçu tant d'hommes et à toute heure, éprouva une
honte qu'elle n'avait que très peu de fois éprouvée. Malgré
ses soixante-seize ans et sa certitude de mourir avant Noël,
elle fut sur le point de refermer la porte et de prier le marchand d'enterrements de l'attendre un instant, le temps
qu'elle s'habille pour le recevoir selon son rang. Mais elle
pensa qu'il pourrait prendre froid sur le palier obscur, et elle
le fit entrer.

« Pardonnez-moi cette tenue de chauve-souris, dit-elle,
mais depuis cinquante ans que je vis en Catalogne c'est bien
la première fois que quelqu'un arrive à l'heure. »

Elle parlait un catalan parfait d'une pureté quelque peu
archaïque, quoique l'on remarquât encore la musique de son
portugais oublié. En dépit de son âge et de ses bigoudis en
fer, elle conservait un port de mulâtresse svelte et vive aux
cheveux durs et aux yeux jaunes et féroces, et elle avait

depuis longtemps perdu toute compassion envers les hommes. Le vendeur, encore ébloui par la clarté de la rue, ne fit aucun commentaire mais essuya ses pieds sur la brosse du paillasson et lui baisa la main en esquissant une révérence.

« Toi, tu es un homme comme on n'en fait plus, dit María dos Prazeres en éclatant d'un rire en grelots. Assieds-toi. »

Nouveau venu dans le métier, il en avait cependant une connaissance suffisante pour savoir qu'on ne vous reçoit pas à bras ouverts à huit heures du matin et moins encore lorsqu'on est une vieille sans miséricorde qui, à première vue, a l'air d'une folle échappée des Amériques. Il demeura donc sur le seuil sans savoir quoi dire, tandis que María dos Prazeres ouvrait les épais rideaux de velours des fenêtres. La faible lumière d'avril éclaira à peine le salon d'aspect méticuleux qui ressemblait plutôt à une vitrine d'antiquaire. Il y avait là des objets d'usage quotidien, ni trop ni trop peu, et chacun semblait avoir été posé à sa place naturelle, avec un goût si sûr qu'il eût été difficile de trouver une maison mieux tenue même dans une ville aussi ancienne et secrète que Barcelone.

« Pardonnez-moi, dit-il, je me suis trompé de porte.

– Je le voudrais bien, répliqua-t-elle, mais la mort ne se trompe pas. »

Le vendeur ouvrit sur la table de la salle à manger un dépliant avec autant de volets qu'une carte marine, divisé en parcelles de toutes les couleurs, chacune d'elles comprenant un grand nombre de croix et de numéros. María dos Prazeres comprit que c'était le plan détaillé de l'immense cimetière de Montjuich, et elle se souvint avec une horreur venue du fond des temps de celui de Manaus sous les averses d'octobre, quand les fourmiliers barbotaient entre les sépultures anonymes et les mausolées d'aventuriers aux vitraux florentins. Un matin, alors qu'elle était toute petite, elle avait vu l'Amazone en crue transformé en un marécage nauséabond, et flotter dans la cour de sa maison les cercueils brisés d'où pendaient des bouts de tissus et des cheveux de morts. Ce souvenir était la raison pour laquelle elle avait choisi, afin de reposer en paix, la colline de Montjuich et non pas le petit cimetière de San Gervasio, si proche et si familier.

« Je veux un endroit où l'eau ne monte jamais, dit-elle.

– Eh bien, c'est ici, dit le vendeur, en montrant l'emplacement sur la carte avec une baguette extensible qu'il sortit de sa poche comme un stylo d'acier. Aucune mer ne monte aussi haut. »

Elle s'orienta sur l'échiquier de couleurs, trouva l'entrée principale près de laquelle s'alignaient les trois tombes contiguës, identiques et sans nom où gisaient Buenaventura Durruti et deux autres dirigeants anarchistes tués pendant la guerre civile. Toutes les nuits, quelqu'un écrivait leurs noms sur les stèles vierges, au crayon, à la peinture, au charbon, au crayon à sourcils ou au vernis à ongles, dans le bon ordre et sans omettre aucune lettre, et tous les matins les gardiens les effaçaient afin que personne ne sache qui était qui sous le marbre muet. María dos Prazeres avait assisté à l'enterrement de Durruti, le plus triste et le plus tumultueux parmi tous ceux que Barcelone avait comptés, et elle voulait reposer près de sa tombe. Mais aucune n'était disponible dans le vaste cimetière surpeuplé. De sorte qu'elle se résigna au possible. « A condition, dit-elle, qu'on ne me mette pas dans un de ces tiroirs où l'on reste cinq ans comme dans une boîte aux lettres. » Puis, se rappelant soudain la clause essentielle, elle ajouta :

« Et surtout, je veux être enterrée couchée. »

En effet, en réponse à la bruyante publicité de vente anticipée et à crédit, le bruit circulait qu'on creusait des tombes verticales pour économiser du terrain. Le vendeur expliqua, avec la précision d'un discours appris par cœur et souvent récité, que des entreprises traditionnelles de pompes funèbres entretenaient cette rumeur perfide à seule fin de dénigrer la nouvelle promotion des tombes à crédit. Il en était à argumenter lorsque trois petits coups discrets retentirent à la porte. Il s'interrompit, hésitant, mais María dos Prazeres lui fit signe de poursuivre.

« Ne vous inquiétez pas, dit-elle à voix très basse. C'est Noi. »

Le vendeur poursuivit son exposé et María dos Prazeres se montra satisfaite de l'explication. Toutefois, avant d'ouvrir, elle voulut résumer par une synthèse finale la pensée qu'elle avait mûrie dans son cœur jusqu'aux plus intimes détails pendant de nombreuses années, depuis la crue légendaire à Manaus.

« Ce que je veux dire, précisa-t-elle, c'est que je cherche un endroit où je serai couchée sous la terre, sans risques d'inondations et si possible à l'ombre des arbres en été, et d'où on ne m'enlèvera pas au bout d'un certain temps pour me jeter à la poubelle. »

Elle ouvrit la porte et, tout mouillé par le crachin, entra un petit caniche à la démarche penaude qui n'avait rien à voir avec le reste de la maison. Il revenait de sa promenade matinale dans le voisinage et, à peine entré, manifesta des transports d'allégresse. Il sauta sur la table en aboyant sans raison et il s'en fallut d'un rien que ses pattes pleines de boue n'abîment le plan du cimetière. Un seul regard de sa maîtresse suffit à modérer ses ardeurs.

« Noi, s'écria-t-elle, *baixa d'ací* ! »

L'animal se fit tout petit, la regarda apeuré, et deux larmes bien nettes coulèrent sur son museau. María dos Prazeres se tourna vers le vendeur et le trouva perplexe.

« *Collons*, s'écria celui-ci. Il a pleuré!

– C'est parce qu'il est content de voir quelqu'un ici à cette heure, dit María dos Prazeres à voix basse, en guise d'excuse. En général, quand il entre dans la maison il est plus soigneux que les hommes. Sauf toi, à ce que je vois.

– Mais nom de Dieu, il a pleuré, répéta le vendeur qui, s'apercevant soudain de son impolitesse, s'excusa en rougissant. Pardonnez-moi, mais c'est qu'on n'a jamais vu ça, même au cinéma.

– Tous les chiens peuvent le faire si on le leur apprend, dit-elle. Mais leurs maîtres s'évertuent à les dresser à des habitudes qui les font souffrir, comme par exemple manger dans des assiettes ou faire leurs cochonneries à heure fixe et au même endroit. En revanche, ils ne leur enseignent pas les choses naturelles qui leur plaisent, comme rire et pleurer. Bien, où en étions-nous? »

Ils avaient presque fini. María dos Prazeres dut se résigner aux étés sans arbres car on avait réservé l'ombre de ceux du cimetière aux dignitaires du régime. En revanche, les conditions et les clauses du contrat étaient superflues, car elle voulait profiter de la remise accordée en cas de paiement comptant et en espèces.

Ce n'est qu'après avoir terminé et pendant qu'il rangeait les papiers dans sa serviette que le vendeur posa sur la maison un regard attentif, et le souffle magique de sa beauté le troubla. Il se tourna vers María dos Prazeres comme s'il la voyait pour la première fois.

« Puis-je vous poser une question indiscrète ? » demanda-t-il.

Elle le reconduisit à la porte.

« Bien sûr, pourvu qu'elle ne concerne pas mon âge.

– J'ai la manie de vouloir deviner la profession des gens d'après les objets qu'ils ont chez eux, mais à vrai dire, ici, je n'y parviens pas. Que faites-vous ? »

María dos Prazeres lui répondit par un éclat de rire.

« Je suis putain, mon garçon. Ça ne se voit déjà plus ? »

Le rouge monta au visage du vendeur.

« Excusez-moi.

– C'est moi qui devrais m'excuser, dit-elle en le prenant par le bras pour l'empêcher de se briser les os contre la porte. Fais attention ! Ne te casse pas la figure avant de m'avoir enterrée comme il faut. »

La porte à peine fermée, elle prit le petit chien dans ses bras, le cajola, et sa belle voix africaine se joignit à la chorale enfantine qui, au même moment, se faisait entendre dans la crèche voisine. Trois mois auparavant elle avait eu en rêve la révélation de sa mort, et depuis elle se sentait plus proche que jamais de cette créature liée à sa solitude. Elle avait prévu avec tant de soin la distribution posthume de ses biens et le destin de son corps qu'elle aurait pu mourir à l'instant même sans importuner personne. Elle avait pris sa retraite de sa propre volonté après avoir amassé sou à sou une fortune sans trop de sacrifices amers, et choisi comme ultime refuge le très ancien et très noble bourg de Gracia, qu'absorbait déjà l'extension de la ville. Elle avait acheté un entresol en ruine qui sentait jour et nuit le hareng fumé et dont les murs rongés par le salpêtre gardaient tels quels les impacts d'un quelconque combat sans gloire. Il n'y avait pas de concierge et, bien que tous les étages fussent occupés, quelques marches manquaient aux escaliers humides et sombres. María dos Prazeres fit refaire les toilettes et la cuisine, tapissa les murs de tentures bariolées, orna les fenêtres de vitres biseautées et de rideaux de velours. Enfin elle disposa les meubles précieux, les objets usuels, les bibelots, les coffres remplis de soies et de brocarts volés par les fascistes dans les maisons abandonnées par les républicains dans l'affolement de la défaite, et qu'elle avait achetés petit à petit, année après année, à bas prix dans des ventes aux enchères clandestines. Le seul lien qu'elle conservait avec son passé était son amitié avec le comte de Cardona, qui ne manquait jamais de lui rendre visite le dernier vendredi du mois pour partager avec elle un dîner suivi d'ébats langoureux. Mais même cette amitié de jeunesse demeura auréolée de discrétion, car le comte laissait la voiture qui portait ses armoiries à une distance plus que prudente, et gagnait l'entresol comme une ombre afin de protéger l'honneur de la dame et le sien. María dos Prazeres ne connaissait personne dans l'immeuble, sauf ses voisins de palier installés depuis peu, un très jeune couple avec une petite fille de neuf ans. C'était incroyable, se disait-elle, mais pourtant vrai, qu'elle n'eût jamais croisé personne d'autre dans l'escalier.

La rédaction de son testament lui montra cependant qu'elle était plus intégrée qu'elle ne le pensait à cette communauté de Catalans sévères dont l'honneur national s'enracinait dans la pudeur. Elle avait distribué jusqu'aux babioles les plus insignifiantes entre les gens les plus proches de son cœur qui étaient aussi ses plus proches voisins. A la fin, si elle ne fut pas tout à fait convaincue d'avoir agi en toute équité, elle fut en revanche certaine de n'avoir oublié personne qui n'eût pas mérité de l'être. Ce fut un acte préparé avec une telle rigueur que le notaire de la calle del Árbol, qui se vantait d'avoir tout vu, ne put en croire ses yeux lorsqu'il l'aperçut en train de dicter de mémoire aux clercs de l'étude la liste minutieuse de ses biens, en désignant chaque objet par son nom exact en catalan médiéval, et chaque héritier avec son adresse et sa profession, selon la place qu'il occupait dans son cœur.

Après la visite du marchand d'enterrements, elle finit par se convertir en l'un des nombreux promeneurs dominicaux du cimetière. Comme ses voisins de tombe, elle plantait dans les jardinières des fleurs épanouies en toute saison, arrosait l'herbe nouvelle et la taillait au sécateur jusqu'à la rendre aussi épaisse que les tapis de l'hôtel de ville, et l'endroit lui devint si familier qu'à la fin elle ne comprenait plus comment il avait pu, le premier jour, lui paraître aussi désolé.

Lors de sa première visite, son cœur avait fait un bond lorsqu'elle avait vu, non loin du portail, les trois tombes anonymes, mais elle ne s'était pas arrêtée pour les regarder car à quelques mètres de là se tenait le gardien insomniaque. Le troisième dimanche, cependant, elle profita d'un instant d'inattention pour réaliser l'un de ses plus grands rêves, et de son bâton de rouge elle écrivit sur la première pierre lavée par la pluie : Durruti. Depuis lors et chaque fois qu'elle le pouvait, tantôt sur une tombe, tantôt sur deux ou même sur les trois, elle répétait son geste d'un trait ferme, le cœur serré par la nostalgie.

Un dimanche, vers la fin de septembre, elle assista au premier enterrement sur la colline. Trois semaines plus tard, par une après-midi de vents glacials, on enterra une jeune mariée dans la tombe voisine de la sienne. A la fin de l'année, sept parcelles étaient occupées, mais l'hiver éphémère passa sans l'atteindre. Elle n'éprouva aucun malaise, et à mesure qu'augmentait la chaleur et que par les fenêtres ouvertes entrait le bruit torrentiel de la vie, le courage lui revenait de survivre aux énigmes de ses rêves. Le comte de Cardona, qui passait à la montagne les mois de grande chaleur, la trouva à son retour plus séduisante encore qu'au temps de ses cinquante printemps surprenants de jeunesse.

Au bout de nombreuses tentatives infructueuses, María dos Prazeres obtint de Noi qu'il reconnaisse la dernière demeure de sa maîtresse sur la grande colline aux tombes identiques. Puis elle s'appliqua à lui apprendre à pleurer sur la sépulture vide afin qu'il continue de le faire par habitude après sa mort. Elle l'emmena plusieurs fois à pied de chez elle au cimetière, lui indiquant des points de repère pour qu'il grave dans sa mémoire le trajet de l'autobus des

Ramblas, jusqu'au jour où elle le sentit assez aguerri pour le
laisser s'y rendre seul.

Le dimanche de la répétition générale, à trois heures de
l'après-midi, elle lui ôta son gilet de printemps, en partie
parce que l'été était imminent, en partie pour qu'il attire
moins l'attention, et elle l'abandonna à lui-même. Elle le vit
s'éloigner en trottinant du côté ombragé de la rue, l'arrière-
train penaud et triste sous sa queue frétillante, et elle réprima
à grand-peine son envie de pleurer, sur lui, sur elle, sur tant
d'années d'amertume et d'illusions communes, avant de le
voir tourner le coin de la calle Mayor en direction de la mer.
Un quart d'heure plus tard, elle prit l'autobus des Ramblas
sur la plaza de Lesseps toute proche, espérant le voir par la
fenêtre sans être vue, et l'aperçut en effet parmi les couvées
enfantines du dimanche, l'air sérieux et absorbé, qui attendait au feu rouge du paseo de Gracia.

« Mon Dieu, soupira-t-elle, comme il a l'air seul. »

Elle l'attendit presque deux heures sous le soleil brutal de
Montjuich. Elle salua quelques visiteurs d'autres dimanches
moins mémorables, bien qu'elle les reconnût à peine car le
jour où elle les avait vus pour la première fois était si lointain
qu'ils ne portaient plus le deuil, pas plus qu'ils ne pleuraient
ni n'avaient une pensée pour leurs morts en fleurissant leurs
tombes. Peu après, une fois tout le monde parti, elle entendit
un bramement lugubre qui fit s'envoler les mouettes et, en
apercevant sur la mer immense un paquebot blanc battant
pavillon brésilien, elle désira de toute son âme qu'il fût por-
teur d'une lettre de quelqu'un mort pour elle à la prison de
Pernambuco. Peu après cinq heures, avec douze minutes
d'avance, Noi apparut sur la colline, bavant de fatigue et de
chaleur, mais arborant une fierté de gamin victorieux. Dès
cet instant, María dos Prazeres surmonta sa terreur de n'avoir
personne pour pleurer sur sa tombe.

A l'automne suivant, de mauvais présages qu'elle ne parvenait pas à déchiffrer la troublèrent, pesant chaque jour
davantage sur son cœur. Elle reprit l'habitude de boire son
café sous les acacias dorés de la plaza del Reloj, emmitouflée
dans son manteau au col en queues de renard et coiffée d'un
chapeau orné de fleurs artificielles qui, à force d'être vieux,

avait fini par redevenir à la mode. Elle aiguisa son instinct.
Dans l'effort d'élucider son anxiété elle tendit l'oreille au
bavardage des oiselières des Ramblas, aux murmures des
vendeurs de livres dans les kiosques qui, pour la première
fois depuis longtemps, ne discutaient pas de football, aux
profonds silences des invalides de guerre qui jetaient du pain
aux pigeons, et partout elle détecta les signes indubitables de
la mort. A Noël, des guirlandes de lumière se mirent à briller
entre les acacias, de la musique et des cris de joie jaillirent
des balcons, et une multitude de touristes étrangers à notre
destin envahit les terrasses des cafés. Pourtant, au milieu de
la fête, on percevait la même tension retenue qui avait pré-
cédé l'époque où les anarchistes s'étaient emparés de la rue.
María dos Prazeres, qui avait vécu ces temps de grandes passions, ne parvenait pas à maîtriser son inquiétude et, pour la
première fois, des sursauts de terreur l'éveillèrent en pleine
nuit. Un soir, des agents de la sécurité abattirent à coups de
revolver, sous sa fenêtre, un étudiant qui avait badigeonné le
mur de cette inscription : *Visca Catalunya lliure*.

« Seigneur Dieu, se dit-elle effrayée, c'est comme si tout
mourait avec moi. »

Elle n'avait connu semblable anxiété qu'à Manaus, alors
qu'elle était encore toute petite, quand une minute avant le
lever du jour les nombreux bruits de la nuit soudain ces-
saient : les eaux s'immobilisaient, le temps vacillait et sur la
forêt amazonienne s'étendait un silence abyssal pareil à la
mort. Au comble de cette inquiétude irrépressible, le dernier
vendredi d'avril, le comte de Cardona vint, comme de coutume, dîner chez elle.

Ses visites étaient devenues un rite. Le comte arrivait,
ponctuel, entre sept et neuf heures, avec une bouteille de
champagne espagnol enveloppée dans le journal du soir pour
qu'on le remarque moins, et une boîte de truffes au chocolat.
María dos Prazeres lui préparait un gratin de cannellonis et
un poulet rôti et tendre, les mets préférés des Catalans de
haut lignage de jadis, et une coupe de fruits de saison. Pendant qu'elle faisait la cuisine, le comte écoutait sur le phono-
graphe des enregistrements historiques de morceaux d'opé-
ras italiens, en buvant à petites gorgées un verre de porto

qu'il faisait durer jusqu'à ce que les disques fussent passés.

Après le repas, long et animé, ils faisaient par cœur un amour sédentaire qui leur laissait à tous deux un arrière-goût de désastre. Au moment de partir, le comte, toujours saisi d'effroi à l'approche de minuit, glissait vingt-cinq pesetas sous le cendrier de la chambre. C'était le prix de María dos Prazeres quand il l'avait connue dans un hôtel de passe du Paralelo, et c'était la seule chose que la rouille du temps avait laissée intacte.

Ni l'un ni l'autre ne s'était jamais demandé sur quoi était fondée leur amitié. María dos Prazeres lui devait quelques menues faveurs. Il lui donnait des conseils utiles à la bonne gestion de ses économies, lui avait appris à connaître la valeur réelle de ses reliques et la manière de les garder afin que nul ne découvre qu'elles étaient volées. Mais surtout, ce fut lui qui lui montra le chemin d'une vieillesse décente dans le quartier de Gracia, lorsque, dans le bordel où elle avait passé toute sa vie, on la déclara trop usée pour les goûts modernes et on voulut l'envoyer dans une maison pour retraitées clandestines qui enseignaient aux enfants à faire l'amour en échange de cinq pesetas. Elle avait raconté au comte que sa mère l'avait vendue à l'âge de quatorze ans dans le port de Manaus, et que le premier lieutenant d'un navire turc avait joui d'elle sans pitié durant la traversée de l'Atlantique avant de l'abandonner sans un sou, sans aucune connaissance de la langue et sans même un nom, dans la fange des lumières du Paralelo. Tous deux étaient à ce point conscients d'avoir si peu de choses en commun qu'ils ne se sentaient jamais aussi seuls que lorsqu'ils étaient ensemble, mais ni l'un ni l'autre n'aurait osé égratigner les charmes de l'habitude. Il fallut une commotion nationale pour qu'ils s'aperçoivent, tous les deux en même temps, à quel point et avec quelle tendresse ils s'étaient haïs pendant toutes ces années.

Ce fut une déflagration. Le comte de Cardona écoutait le duo d'amour de *La Bohème*, chanté par Licia Albanese et Beniamino Gigli, lorsque tout à coup lui parvinrent, comme un éclair fortuit, les informations que María dos Prazeres écoutait à la radio. Il s'approcha sur la pointe des pieds et

tendit l'oreille. Le général Francisco Franco, dictateur éternel
de l'Espagne, avait pris la responsabilité de décider du destin
final de trois séparatistes basques qui venaient d'être
condamnés à mort. Le comte poussa un soupir de soulagement.

« Alors, ils seront fusillés sans appel, dit-il, car le Caudillo
est un homme juste. »

María dos Prazeres riva sur lui ses yeux brûlants de cobra
royal et vit ses pupilles sans passion derrière ses lunettes
d'or, ses dents de rapace, ses mains hybrides d'animal rompu
à l'humidité et aux ténèbres. Tel qu'il était.

« Eh bien, prie le bon Dieu qu'ils ne le soient pas, dit-elle,
parce que s'ils en fusillent un seul, je verserai du poison dans
ta soupe. »

Le comte prit peur.

« Pourquoi ça?

– Parce que je suis une putain qui a le sens de la justice. »

Le comte de Cardona ne revint jamais, et María dos Prazeres eut la certitude que la dernière boucle de sa vie venait
d'être bouclée. Peu de temps auparavant elle s'indignait
encore qu'on lui cédât la place dans l'autobus, qu'on voulût
l'aider à traverser la rue, qu'on la prît par le bras pour monter
les escaliers, mais elle avait fini par l'accepter et même par le
souhaiter comme une nécessité détestable. Alors, elle commanda une pierre tombale d'anarchiste, sans nom ni dates, et
commença à dormir sans fermer le verrou afin que Noi
puisse sortir et annoncer la nouvelle si elle mourait pendant
son sommeil.

Un dimanche, en rentrant du cimetière, elle trouva sur le
palier la petite fille qui vivait dans l'appartement d'en face.
Elle fit avec elle un bout de chemin, l'entretenant de tout
avec une candeur de grand-mère, tandis qu'elle la regardait
jouer avec Noi comme s'ils étaient de vieux amis. Sur la
plaza del Diamante, ainsi qu'elle en avait décidé, elle l'invita
à manger une glace.

« Tu aimes les chiens? lui demanda-t-elle.

– Je les adore », répondit l'enfant.

Alors, María dos Prazeres lui fit la proposition qu'elle
méditait depuis longtemps.

« Si un jour il m'arrive quelque chose, occupe-toi de Noi, lui dit-elle. Tout ce que je te demande c'est de le laisser libre le dimanche et de ne t'inquiéter de rien. Il ira là où il sait. »

La petite fille était ravie. María dos Prazeres aussi, qui rentra chez elle heureuse d'avoir vécu un rêve mûri dans son cœur pendant de longues années. Toutefois, ce ne furent ni la fatigue de la vieillesse ni le retard de la mort qui empêchèrent l'accomplissement de ce rêve. Ce ne fut pas davantage une décision personnelle. La vie se chargea de la prendre à sa place par une après-midi glaciale de novembre, lorsque le temps se déchaîna soudain à l'instant où elle sortait du cimetière. Elle avait écrit les noms sur les trois pierres tombales et descendait à pied vers l'arrêt de l'autobus, lorsque les premières rafales de pluie la trempèrent des pieds à la tête. C'est à peine si elle eut le temps de se protéger sous les arcades d'un quartier désert qui semblait appartenir à une autre ville, avec ses épiceries en ruine, ses usines poussiéreuses et d'énormes fourgons de marchandises qui rendaient plus épouvantable encore le crépitement de la pluie. Tandis qu'elle tentait de réchauffer dans son giron le petit chien ruisselant de pluie, María dos Prazeres voyait passer les autobus bondés, les taxis vides, drapeau baissé, et personne ne semblait remarquer ses signaux de détresse. Soudain, alors que même un miracle semblait impossible, une somptueuse limousine couleur d'acier crépusculaire passa sans bruit ou presque dans la rue inondée, s'arrêta net au carrefour, et fit marche arrière jusqu'à l'endroit où elle se tenait. Les vitres se baissèrent comme sous l'effet d'un souffle magique et le conducteur s'offrit de la reconduire.

« Je vais très loin, dit María dos Prazeres avec sincérité. Mais vous me rendriez grand service en me rapprochant un peu.

– Dites-moi où vous allez, insista-t-il.

– A Gracia, répondit-elle.

– C'est mon chemin, montez. »

De l'intérieur, qui sentait le médicament réfrigéré, la pluie se métamorphosa en une péripétie irréelle, la ville changea de couleur, et elle se sentit dans un monde étranger et heureux où tout était résolu à l'avance. Le conducteur se frayait un chemin dans le désordre de la circulation avec une facilité qui tenait de la magie. María dos Prazeres était intimidée par sa propre détresse et surtout par celle du pauvre petit chien endormi sur ses genoux.

« On dirait un paquebot, dit-elle pour dire quelque chose de digne. Je n'ai jamais rien vu de pareil, même en rêve.

– En réalité, je ne regrette qu'une chose, c'est qu'elle ne m'appartienne pas, dit l'homme dans un catalan malaisé, et après une pause, il ajouta en castillan : le salaire de toute ma vie ne suffirait pas à la payer.

– Je le crois volontiers », soupira-t-elle.

Elle l'examina du coin de l'œil et vit que c'était presque un adolescent, avec ses cheveux frisés et courts et son profil de bronze romain auréolé de vert par l'éclat du tableau de bord. Elle pensa qu'il n'était pas beau mais qu'il avait un charme particulier, qu'il portait avec élégance une veste de cuir bon marché abîmée par l'usure, et que sa mère devait être heureuse lorsqu'elle l'entendait rentrer à la maison. Seules ses mains de paysan laissaient croire qu'il ne pouvait être le propriétaire de la voiture.

Ils ne s'adressèrent plus la parole de tout le trajet, mais María dos Prazeres se sentit à son tour et à plusieurs reprises examinée du coin de l'œil, et une fois de plus elle souffrit d'être encore vivante à son âge. Elle se sentit laide et pitoyable avec le foulard de femme de ménage qu'elle avait posé sur sa tête n'importe comment quand il s'était mis à pleuvoir, et son déplorable manteau d'automne qu'elle n'avait pas eu l'idée de changer parce qu'elle songeait à la mort.

En arrivant dans le quartier de Gracia, les nuages s'étaient dissipés, il faisait nuit et les réverbères étaient allumés. María dos Prazeres dit à son chauffeur de la laisser au coin de rue le plus proche mais il insista pour la déposer devant sa porte, allant même jusqu'à garer la voiture sur le trottoir afin qu'elle puisse descendre sans être mouillée. Elle lâcha le chien, s'efforça de sortir de la voiture avec autant de dignité que son corps le lui permettait, et quand elle se retourna pour remercier le conducteur, elle découvrit un regard d'homme qui la laissa pantoise. Elle le soutint un instant, sans comprendre très bien qui attendait quoi ni de qui, et il lui demanda d'une voix ferme :

« Je monte? »

María dos Prazeres se sentit humiliée.

« Je vous remercie beaucoup de m'avoir reconduite, dit-elle, mais je ne permettrai pas que vous vous moquiez de moi.

– Je n'ai aucune raison de me moquer de quiconque, dit-il en castillan et avec une gravité péremptoire. Encore moins d'une femme telle que vous. »

María dos Prazeres avait connu beaucoup d'hommes pareils à celui-ci, et elle en avait empêché beaucoup d'autres plus effrontés que lui de se suicider, mais jamais au cours de sa longue vie elle n'avait eu aussi peur de prendre une décision. Elle l'entendit insister sans le moindre changement de ton :

« Je monte? »

Elle s'éloigna sans fermer la porte de la voiture, et répliqua en castillan pour être sûre d'être bien comprise.

« Faites ce que bon vous semble. »

Elle pénétra dans le vestibule éclairé par la lumière oblique de la rue et monta les premières marches de l'escalier en proie à une terreur qu'elle n'aurait crue possible qu'à l'instant de la mort. Lorsqu'elle s'arrêta devant la porte de l'entresol, tremblante d'anxiété, pour chercher les clés au fond de sa poche, elle entendit dans la rue deux claquements de portière successifs. Noi, qui l'avait devancée, voulut aboyer. « Tais-toi », lui ordonna-t-elle dans un murmure d'agonie. Presque aussitôt, elle entendit les premiers pas sur les marches délabrées de l'escalier et craignit que son cœur ne s'arrête de battre. En une fraction de seconde défila tout entier devant ses yeux le rêve prémonitoire qui avait changé sa vie pendant trois années, et elle comprit son erreur d'interprétation.

« Seigneur Dieu, se dit-elle, épouvantée, ce n'était donc pas la mort! »

Elle trouva enfin la serrure, écouta les pas mesurés dans l'obscurité, écouta la respiration de plus en plus forte de celui qui s'approchait aussi effrayé qu'elle dans le noir, et comprit tout à coup qu'elle avait eu raison d'attendre pendant tant et tant et tant d'années et d'avoir tant et tant souffert dans l'obscurité, n'eût-ce été que pour vivre cet instant.

Mai 1979

DIX-SEPT ANGLAIS
EMPOISONNÉS

La première chose que la señora Prudencia Linero remarqua en arrivant dans le port de Naples fut l'odeur, semblable à celle du port de Riohacha. Elle n'en parla à personne, bien sûr, car nul n'aurait pu la comprendre sur ce paquebot sénile bondé d'Italiens de Buenos Aires qui rentraient au pays pour la première fois depuis la guerre, mais elle se sentit moins seule, moins effrayée et moins séparée de tout, malgré ses soixante-douze ans et ses dix-huit jours de mauvaise mer loin des siens et de sa maison.

Dès l'aube, on avait aperçu les lumières de la terre. Les passagers s'étaient levés plus tôt qu'à l'habitude, habillés de frais, le cœur serré par l'incertitude du débarquement, de sorte que ce dernier dimanche à bord parut le seul vrai dimanche de la traversée. La señora Prudencia Linero fut l'un des rares passagers qui assistèrent à la messe. Les jours précédents, elle s'était promenée sur le pont en vêtements de demi-deuil mais, ce jour-là, elle avait revêtu pour descendre à terre une tunique de bure marron serrée à la taille par la cordelière de saint François, et chaussé des sandales de cuir naturel trop neuves pour avoir l'air de sandales de moine. C'était un prêté pour un rendu : elle avait promis à Dieu de ne porter jusqu'au jour de sa mort que cet habit qui la couvrait jusqu'aux pieds, s'il lui accordait la faveur de pouvoir se rendre à Rome afin de voir le Saint-Père, faveur qu'elle considérait comme accordée. A la fin de la messe elle alluma un cierge au Saint-Esprit pour le remercier de lui avoir insufflé le courage d'endurer les tempêtes des Caraïbes, et elle récita une prière à l'intention de chacun de ses neuf enfants et de ses quatorze petits-enfants qui, en ce moment, rêvaient d'elle dans la nuit de Riohacha balayée par les vents.

Quand elle monta sur le pont, après le petit déjeuner, la vie sur le bateau avait changé. Les bagages étaient entassés dans le grand salon, parmi toutes sortes d'objets pour touristes achetés par les Italiens sur les marchés magiques des Antilles, et sur le comptoir du restaurant il y avait un singe de Pernambuco dans une cage aux volutes de fer. C'était une matinée radieuse de début de mois d'août, un dimanche caractéristique de ces étés de l'après-guerre dont la lumière, telle une révélation de chaque jour, nimbait l'énorme bateau au souffle maladif qui glissait avec lenteur sur un bassin diaphane. A peine avait-on commencé à discerner à l'horizon la forteresse ténébreuse des ducs d'Anjou, que les passagers penchés au-dessus du bastingage crurent reconnaître des lieux familiers et les montrèrent du doigt sans être certains de bien les identifier, criant leur joie en divers dialectes méridionaux. La señora Prudencia Linero, qui s'était fait tant de vieux amis à bord, qui avait gardé des enfants pendant que leurs parents dansaient et qui avait même cousu un bouton à la vareuse du premier lieutenant, les trouva changés et distants. La sociabilité et la chaleur humaine, qui leur avaient permis de survivre aux premières nostalgies dans la torpeur des tropiques, avaient disparu. Les amours éternelles de haute mer se délitaient à l'apparition du port. La señora Prudencia Linero, qui ne connaissait pas la nature versatile des Italiens, pensa que le mal se trouvait non pas dans le cœur des autres mais dans le sien, car elle était la seule à faire un voyage d'aller parmi la foule qui accomplissait celui du retour. Tous les voyages doivent se dérouler ainsi, songea-t-elle, en éprouvant pour la première fois le pincement au cœur que ressentent tous les étrangers, tandis qu'elle contemplait du pont les vestiges d'innombrables mondes éteints au fond de l'eau. Soudain, une très belle jeune fille qui se tenait à côté d'elle l'effraya en poussant un cri d'horreur.

« *Mamma mia*, s'écria-t-elle en désignant les fonds. Regardez. »

C'était un noyé. La señora Prudencia Linero le vit qui flottait sur le dos entre deux eaux : un homme d'âge mûr, chauve, d'une rare prestance naturelle, et dont les yeux grands ouverts et gais avaient la couleur du ciel au petit matin. Il portait un frac et un gilet de brocart, des bottines vernies et un gardénia vivant à la boutonnière. Dans sa main droite il tenait un petit paquet en forme de cube enveloppé dans du papier cadeau, et ses doigts de fer livide étaient crispés sur le ruban, seule chose à laquelle il avait pu s'agripper à l'instant de mourir.

« Il a dû tomber pendant une noce, dit un lieutenant. Cela arrive souvent en été dans ces eaux. »

Ce fut une vision fugace car au même instant ils entrèrent dans la baie, et d'autres motifs moins lugubres détournèrent l'attention des passagers. Mais la señora Prudencia Linero continuait à penser au noyé, le pauvre noyé, dont la queue-de-pie ondulait dans le sillage du paquebot.

Le bateau aussitôt entré dans la baie, un remorqueur délabré se précipita à sa rencontre et le hala entre les nombreuses épaves de navires de guerre détruits pendant le conflit. L'eau se transformait en huile à mesure que le paquebot se frayait un chemin entre les décombres rouillés, et la chaleur se fit plus terrible encore que celle de Riohacha à la mi-journée. De l'autre côté du chenal, radieuse sous le soleil de onze heures, la ville tout entière surgit soudain avec ses palais chimériques et ses vieilles baraques multicolores pelotonnées sur les collines. Des fonds agités monta alors un remugle insupportable où la señora Prudencia Linero reconnut l'effluve de crabes pourris du patio de sa maison.

Tandis que l'on effectuait les manœuvres, les passagers laissaient éclater leur joie en reconnaissant leurs familles dans l'agitation du quai. La plupart étaient des matrones automnales aux poitrines resplendissantes comprimées dans des vêtements de deuil, qu'accompagnaient les enfants les plus beaux et les plus nombreux du monde et des maris petits et zélés appartenant au genre immortel de ceux qui lisent le journal après leurs épouses et portent de stricts costumes de notaire malgré la chaleur.

Au centre de ce tumulte de foire, un très vieil homme à l'air inconsolable sortait des poches de son pardessus de mendiant des poignées et des poignées de petits poussins

en-veux-tu-en-voilà. En quelques secondes, ils se répandirent
sur tout le quai en poussant des pépiements affolés, et
nombre d'entre eux ne devaient qu'à leur nature d'animaux
magiques de se remettre à courir, vivants, après avoir été pié-
tinés par la foule indifférente au prodige. Le magicien avait
retourné son chapeau par terre, mais du pont il n'y eut personne de charitable pour y lancer la moindre pièce de mon-
naie.

Fascinée par ce spectacle merveilleux qui semblait donné
en son honneur car elle était la seule à l'apprécier, la señora
Prudencia Linero n'aurait pu dire à quel moment on avait
approché la passerelle ni quand l'avalanche humaine avait
déferlé sur le bateau en poussant des hurlements avec une
ardeur de boucaniers à l'abordage. Abasourdie par l'allégresse et le relent d'oignon rance de nombreuses familles en
été, bousculée par les équipes de porteurs qui se battaient
pour enlever les bagages, elle se sentit livrée à une mort sans
gloire pareille à celle des poussins sur le quai. Alors, elle
s'assit sur sa malle de bois aux coins de laiton peints et,
imperturbable, se mit à réciter un cercle vicieux de prières
afin de se protéger des tentations et des dangers de cette terre
d'infidèles. C'est là que la trouva le premier lieutenant une
fois le cataclysme passé, alors qu'il ne restait plus qu'elle
dans le salon abandonné.

« Personne ne doit rester ici, lui dit le lieutenant avec une
certaine amabilité. En quoi puis-je vous aider?

– Je dois attendre le consul », répondit-elle.

Elle disait vrai. Deux jours avant que le bateau ne lève
l'ancre, son fils aîné avait envoyé un télégramme au consul à
Naples, qui était de ses amis, pour le prier d'aller l'attendre
au port et l'aider dans ses démarches pour se rendre à Rome.
Il avait donné le nom du bateau et l'heure de son arrivée, et
précisé qu'il pourrait la reconnaître à l'habit de franciscain
qu'elle porterait pour descendre à terre. Elle se montra si sûre
d'elle-même que le premier lieutenant l'autorisa à attendre
encore un moment, bien que l'équipage s'apprêtât à déjeuner
et que l'on eût déjà renversé les chaises sur les tables et commencé à laver les ponts à grande eau. Ils durent déplacer la
malle à maintes reprises pour ne pas la mouiller, mais la

señora Prudencia Linero changeait de place sans se troubler et sans interrompre ses prières, puis on la poussa hors des salons et elle finit par se retrouver assise en plein soleil entre les canots de sauvetage. Le premier lieutenant la retrouva au même endroit un peu avant deux heures, en nage, étouffant dans son scaphandre de pénitente et récitant un rosaire sans espoir, car elle était terrorisée et triste et ne retenait qu'à grand-peine son envie de pleurer.

« Inutile de continuer à prier, dit le lieutenant d'un ton moins aimable que la première fois. Au mois d'août, même Dieu est en vacances. »

Il lui expliqua qu'à cette époque de l'année la moitié de l'Italie était sur les plages, surtout le dimanche. Ses fonctions n'avaient sans doute pas permis au consul de prendre des congés, mais de toute évidence il ne serait pas à son bureau avant lundi. Le plus raisonnable était donc de trouver un hôtel, de bien se reposer cette nuit et d'appeler le lendemain le consulat dont elle trouverait sans la moindre difficulté le numéro dans l'annuaire. La señora Prudencia Linero n'eut d'autre choix que de se ranger à cet avis, et le lieutenant l'aida à accomplir les formalités d'immigration et de douane, l'accompagna au bureau de change, puis la mit dans un taxi en recommandant à tout hasard au chauffeur de la conduire à un hôtel décent.

Le taxi, décrépit, avait des allures de corbillard et roulait en cahotant dans les rues désertes. La señora Prudencia Linero se dit, l'espace d'un instant, qu'ils étaient les seuls êtres vivants dans une ville de fantômes suspendus à du fil de fer en plein milieu de la rue, mais elle se dit aussi qu'un homme qui parlait tant et de manière aussi passionnée ne pouvait avoir le temps de faire du mal à une pauvre femme seule qui avait défié les dangers de l'océan pour voir le pape.

La mer réapparut au bout du labyrinthe de ruelles. Le taxi poursuivit sa course cahin-caha au long d'une plage brûlante et déserte bordée d'innombrables petits hôtels de toutes les couleurs. Il ne s'arrêta devant aucun d'eux et se dirigea tout droit vers le moins voyant, situé face à un jardin public planté de hauts palmiers et garni de bancs peints en vert. Le chauffeur posa la malle sur le trottoir ombragé et, devant l'hésitation de la señora Prudencia Linero, lui affirma que c'était l'hôtel le plus décent de Naples.

Un bagagiste aimable et beau jeta la malle sur son épaule et s'occupa de la cliente. Il la mena jusqu'à la cage métallique d'un ascenseur improvisé au centre de l'escalier, et se mit à chanter à tue-tête une aria de Puccini avec une assurance inquiétante. L'immeuble était vétuste et l'on avait restauré les neuf étages qui abritaient autant d'hôtels différents. La señora Prudencia Linero eut, le temps d'une brève hallucination, le sentiment soudain d'être enfermée dans une cage à poules qui montait avec lenteur au centre d'un escalier de marbre assourdissant, et surprenait les gens chez eux livrés à leurs problèmes les plus intimes, en caleçons déchirés, éructant des renvois acides. L'ascenseur s'arrêta dans un soubresaut au troisième étage, le bagagiste cessa de chanter, fit coulisser les battants de la porte, et d'une révérence galante signifia à la señora Prudencia Linero qu'elle était chez elle.

Elle aperçut, dans le vestibule, un adolescent languide derrière un bureau de réception en bois incrusté de morceaux de verre multicolores et flanqué de cache-pots en cuivre où des plantes donnaient un agréable ombrage. Il lui plut d'emblée car il avait les même boucles d'ange que son dernier petit-fils. Le nom de l'hôtel, gravé sur une plaque de bronze, lui plut aussi, comme lui plurent l'odeur d'acide phénique, les fougères suspendues, le silence et les fleurs de lys dorées du papier peint. Elle avait un pied hors de l'ascenseur lorsque son cœur se serra soudain. Un groupe de touristes anglais en shorts et en sandales de plage somnolait sur une longue rangée de fauteuils. Ils étaient dix-sept, assis dans un ordre symétrique, comme s'ils ne faisaient qu'une seule et unique personne maintes fois reflétée dans les miroirs d'une galerie. En les apercevant, la señora Prudencia Linero ne put les distinguer les uns des autres, et la seule chose qui la frappa fut la longue file de genoux roses qui ressemblaient à des jarrets de porc pendus aux crochets d'une charcuterie. Au lieu d'avancer vers la réception elle recula en frissonnant et rentra dans l'ascenseur.

« Allons à un autre étage, dit-elle.

– C'est le seul hôtel avec salle à manger, *signora*, dit le bagagiste.

– Ça m'est égal », répliqua-t-elle.

Le bagagiste eut un geste de résignation, ferma la porte de l'ascenseur et chanta la fin de la chanson en montant vers l'hôtel du cinquième étage. Là, tout semblait moins strict : la propriétaire était une matrone printanière qui parlait un espagnol aisé, et personne ne faisait la sieste dans les fauteuils du vestibule. Il n'y avait pas de salle à manger, en effet, mais l'hôtel était associé à une auberge proche qui accordait aux clients des prix spéciaux. De sorte que la señora Prudencia Linero décida qu'elle passerait la nuit ici, rassurée par l'éloquence et la sympathie de la patronne autant que soulagée de ne voir aucun Anglais aux genoux roses dormant dans le vestibule.

Il était deux heures, les persiennes de la chambre étaient closes et la pénombre fraîche et silencieuse, comme un bocage secret où il eût fait bon pleurer. Aussitôt qu'elle fut seule dans sa chambre, la señora Prudencia Linero poussa les deux loquets de la porte et, pour la première fois de la journée, évacua à grand-peine un petit jet d'urine qui lui permit de retrouver son identité perdue pendant le voyage. Puis elle ôta ses sandales, dénoua la cordelière de son habit, s'allongea du côté du cœur sur le grand lit conjugal trop large et trop seul pour elle seule, et laissa couler une autre fontaine, cette fois de larmes longtemps contenues.

C'était la première fois qu'elle quittait Riohacha, mais c'était surtout l'une des rares fois où elle était sortie de chez elle depuis le mariage et le départ de ses enfants, car elle s'était retrouvée seule avec deux Indiennes misérables pour s'occuper du corps sans âme de son mari. Elle avait gâché la moitié de sa vie dans la chambre conjugale, au chevet des vestiges du seul homme qu'elle avait jamais aimé et qui était demeuré en état de léthargie pendant presque trente ans, couché dans le lit de leurs amours juvéniles sur un matelas de peaux de chèvre.

En octobre dernier, le malade avait ouvert les yeux dans un éclair subit de lucidité, reconnu les siens et demandé que l'on fasse venir un photographe. On alla chercher le vieux qui prenait des photos dans le parc avec un énorme appareil à soufflet et à manchon noir, et qui se servait d'une cuvette de magnésium pour les photos d'intérieur. Le malade en personne dirigea les prises de vue. « Une pour Prudencia, pour l'amour et le bonheur qu'elle m'a donnés dans la vie. » Il posa sous le premier éclair de magnésium. « Deux autres pour mes filles adorées, Prudencita et Natalia. » Il posa une nouvelle fois. « Deux autres pour mes fils qui sont un modèle de tendresse et de bon sens pour la famille. » Et ainsi de suite jusqu'à ce que le papier fît défaut et que le photographe dût aller se réapprovisionner chez lui. A quatre heures de l'après-midi, alors que l'air de la chambre était devenu irrespirable à cause de la fumée du magnésium et du brouhaha des parents, amis et connaissances qui s'étaient précipités pour recevoir une épreuve du portrait, le malade commença à défaillir dans son lit et prit congé de tous en agitant la main, comme s'il disait adieu au monde du bastingage d'un navire.

Sa mort ne fut pas pour la veuve le soulagement que tous attendaient. Au contraire, son chagrin fut tel que ses enfants tinrent conseil afin de lui demander ce qu'ils pouvaient faire pour la consoler, et elle leur répondit qu'elle ne voulait qu'une chose : aller à Rome voir le pape.

« J'irai seule, vêtue de la robe de saint François, leur annonça-t-elle. C'est un vœu. »

De ces années de veille, seul lui resta le plaisir des larmes. Sur le bateau, comme elle devait partager sa cabine avec deux sœurs clarisses qui débarquèrent à Marseille, elle s'attardait dans les toilettes pour pleurer sans qu'on la vît. De sorte que la chambre d'hôtel à Naples fut le premier endroit où, depuis son départ de Riohacha, elle put enfin sangloter tout son soûl. Et elle aurait pleuré jusqu'à l'heure de départ du train pour Rome, le lendemain, si à sept heures la patronne n'avait frappé à la porte pour la prévenir que si elle n'arrivait pas à temps à l'auberge, elle ne pourrait pas dîner.

L'employé de l'hôtel l'accompagna. Une brise fraîche s'était levée du large, et sur la plage quelques baigneurs profitaient encore du pâle soleil de la fin de journée. La señora Prudencia Linero suivit l'employé dans le labyrinthe de ruelles étroites et pentues qui s'éveillaient à peine de la sieste dominicale, et elle se retrouva soudain sous une pergola ombragée où des couverts étaient mis sur des tables recouvertes de nappes à petits carreaux rouges et décorées de bocaux de cornichons convertis en vases pour fleurs en papier. Les seuls convives, à cette heure, étaient les serveurs et un curé très pauvre qui mangeait des oignons et du pain dans un coin, à l'écart. En entrant, elle sentit les regards se poser sur son habit de bure mais elle ne s'en offusqua pas, car elle savait que le ridicule faisait partie de la pénitence. La serveuse, en revanche, lui inspira un brin de pitié car elle était blonde et belle et parlait comme si elle chantait, et la señora Prudencia Linero se dit que les choses devaient aller très mal dans l'Italie de l'après-guerre pour qu'une aussi belle jeune fille en soit réduite à servir dans une auberge. Elle se sentit pourtant à l'aise sous le toit fleuri de la treille, et l'odeur de ragoût et de laurier qui s'échappait de la cuisine réveilla son appétit refoulé par les soucis de la journée. Pour la première fois depuis longtemps elle n'avait pas envie de pleurer.

Pourtant, elle ne put manger à sa guise. En partie parce qu'elle avait du mal à comprendre et à se faire comprendre malgré la sympathie et la patience de la serveuse blonde, en partie parce que le seul plat de viande était de petits oiseaux chanteurs comme ceux que l'on élevait en cage dans les maisons de Riohacha. Le curé qui mangeait dans un coin finit par leur servir d'interprète, et tenta de lui expliquer qu'en Europe les difficultés de la guerre étaient loin d'être terminées et que l'on devait apprécier le miracle d'avoir au moins quelques petits oiseaux des bois à se mettre sous la dent. Mais elle les refusa.

« Pour moi, ce serait comme manger un de mes enfants », dit-elle.

Elle dut se contenter d'une assiettée de potage au vermicelle, d'un plat de courgettes bouillies accompagné d'une tranche de lard rance et d'un morceau de pain dur comme le marbre. Pendant qu'elle mangeait, le curé s'approcha, la supplia de lui faire la charité d'une tasse de café, et s'assit à sa table. Il était yougoslave, mais avait servi dans les missions de Bolivie, et parlait un espagnol ardu et imagé. Il fit à la señora Prudencia Linero l'impression d'un homme ordinaire et dépourvu de toute indulgence, et elle remarqua ses mains vulgaires aux ongles cassés et sales, et son haleine aux relents d'oignon si puissante qu'elle semblait indissociable de sa personne. Mais après tout il était au service de Dieu, et c'était un plaisir nouveau que de rencontrer quelqu'un avec qui s'entretenir si loin de chez soi.

Ils parlèrent sans hâte, indifférents à la dense rumeur d'étable qui les entourait à mesure que des clients occupaient les autres tables. La señora Prudencia Linero s'était déjà forgé sur l'Italie un jugement catégorique : elle ne l'aimait pas. Non parce que les hommes étaient un peu entreprenants, ce qui était déjà trop pour elle, ni parce qu'on s'y régalait d'oiseaux, ce qui était plus que trop, mais à cause de la fâcheuse habitude de laisser flotter les noyés à la dérive.

Le curé, qui outre le café s'était offert à ses frais un verre de grappa, tenta de lui démontrer la légèreté de son jugement. Durant la guerre, on avait mis au point un service très efficace pour repêcher, identifier et donner une sépulture chrétienne aux nombreux noyés qui apparaissaient au petit matin flottant dans la baie de Naples.

« Depuis des siècles, conclut le curé, les Italiens ont conscience de n'avoir qu'une vie et tentent de la vivre du mieux possible. Cela les a rendus calculateurs et inconstants mais en même temps cela les a guéris de la cruauté.

– Le bateau ne s'est même pas arrêté, dit-elle.

– Non, car on prévient les autorités portuaires par radio, répondit le curé. A cette heure-ci on doit l'avoir repêché et enterré comme un bon chrétien. »

La conversation les mit de bonne humeur. Ce n'est qu'après avoir terminé son repas que la señora Prudencia Linero se rendit compte que l'auberge était pleine. Aux tables voisines, des touristes à moitié nus dînaient en silence, et parmi eux quelques amoureux s'embrassaient au lieu de manger. Au fond, attablés près du comptoir, les gens du quartier jouaient aux dés et buvaient un vin sans couleur. La señora Prudencia Linero comprit qu'un seul motif la retenait dans ce pays ingrat.

« Croyez-vous qu'il soit très difficile de voir le pape? » demanda-t-elle.

Le curé répondit qu'en été rien n'était plus facile. Le pape était en villégiature à Castelgandolfo, et le mercredi après-midi il recevait en audience publique les pèlerins venus du monde entier. L'entrée était très bon marché : vingt lires.

« Et combien pour les confessions? demanda-t-elle.

– Le Saint-Père ne confesse personne, répondit le curé quelque peu scandalisé. Sauf les rois, bien sûr.

– Je ne vois pas pourquoi il refuserait cette faveur à une pauvre femme venue de si loin, dit-elle.

– Il y a des rois qui, bien que rois, sont morts en attendant, dit le curé. Mais dites-moi : vous avez dû commettre un terrible péché pour avoir entrepris toute seule un tel voyage dans le seul but de le confesser au Saint-Père? »

La señora Prudencia Linero réfléchit quelques secondes et pour la première fois le curé la vit sourire.

« *Ave María Purísima*, dit-elle. Je me contenterais de le voir. » Et, poussant un soupir qui semblait venu du fond de l'âme, elle ajouta : « C'est le rêve de ma vie! »

En fait, la frayeur et la tristesse ne l'avaient pas quittée, et elle ne désirait qu'une chose, partir tout de suite d'ici et de l'Italie. Le curé, croyant sans doute qu'il n'avait plus rien à tirer de cette illuminée, lui souhaita bonne chance et se dirigea vers une autre table où il demanda qu'on lui fasse la charité d'un café.

En sortant de l'auberge, la señora Prudencia Linero eut devant elle une autre ville. Elle s'étonna de la lumière du soleil à neuf heures du soir, et prit peur en voyant la multitude braillarde qui avait envahi les rues pour profiter du bien-être de la brise nouvelle. Elle se demandait comment il était possible de vivre au milieu des pétarades des Vespa en folie, conduites par des hommes torse nu avec, assises à califourchon sur le porte-bagages, des filles magnifiques accrochées à leur taille, et qui se frayaient un chemin en bondissant et en louvoyant entre les jambons suspendus et les étals de pastèques.

L'ambiance était à la fête, mais pour la señora Prudencia Linero elle était à la catastrophe. Elle se perdit. Soudain, elle déboucha dans une rue mal famée où des femmes taciturnes étaient assises devant des maisons identiques dont les lumières rouges et clignotantes la firent frissonner d'horreur. Un homme bien habillé, avec au doigt une bague en or massif et un diamant piqué à la cravate, la suivit sur plusieurs centaines de mètres, s'adressant à elle en italien puis en anglais et en français. Comme il n'obtenait pas de réponse, il lui montra une carte postale qu'il tira, avec d'autres, de sa poche, et au premier coup d'œil elle comprit qu'elle avait franchi les portes de l'enfer.

Elle s'enfuit épouvantée. Au bout de la rue, elle retrouva enfin la mer crépusculaire et le remugle de coquillages pourris du port de Riohacha, et son cœur reprit sa place. Elle reconnut les hôtels bariolés au bord de la plage déserte, les taxis funèbres, le diamant de la première étoile dans le ciel immense. Au fond de la baie, amarré seul le long du quai, elle reconnut l'énorme paquebot tout illuminé sur lequel elle était arrivée, et elle comprit qu'il n'avait plus rien à voir avec sa vie. Elle tourna à gauche, mais ne put continuer son chemin parce qu'une patrouille de carabiniers tenait à distance une foule de curieux. Une rangée d'ambulances attendait, portes ouvertes, devant son hôtel.

Sur la pointe des pieds, la señora Prudencia Linero regarda par-dessus l'épaule des badauds et aperçut de nouveau les touristes anglais. On les sortait sur des brancards, un à un, figés et dignes, avec ce même air de ne faire qu'un plusieurs fois répété, dans le costume conventionnel qu'ils avaient revêtu pour le dîner : pantalon de flanelle, cravate à rayures obliques, veste sombre portant l'écusson du Trinity College cousu sur la poche à hauteur de la poitrine. Les voisins penchés aux balcons et les curieux bloqués dans la rue les comptaient en chœur, comme dans un stade, à mesure qu'on les emmenait. Ils étaient dix-sept. On les mit dans les ambulances deux par deux et ils partirent dans un hurlement de sirènes de guerre.

Abasourdie par tant d'horreurs, la señora Prudencia Linero monta dans l'ascenseur bondé de clients des autres hôtels qui parlaient des langues obscures. Ils s'arrêtèrent à chaque étage, sauf au troisième, ouvert et éclairé, mais personne n'attendait à la réception ni sur les fauteuils du vestibule où elle avait vu les genoux roses des dix-sept Anglais endormis. La patronne du cinquième commenta le désastre avec une excitation incontrôlée.

« Ils sont tous morts, dit-elle à la señora Prudencia Linero en espagnol. Ils ont été empoisonnés par la soupe d'huîtres du dîner. Des huîtres au mois d'août, vous vous rendez compte! »

Elle lui remit la clé de sa chambre et sans s'occuper d'elle s'adressa en dialecte aux autres clients : « Comme ici il n'y a pas de salle à manger, celui qui se couche est sûr de se réveiller vivant. » La gorge nouée de larmes une nouvelle fois, la señora Prudencia Linero s'enferma à double tour. Puis elle poussa contre la porte le petit secrétaire et le fauteuil, et fit de sa malle une barricade infranchissable pour se protéger de l'horreur de ce pays où tant d'événements se produisaient en même temps. Puis elle enfila sa chemise de nuit de veuve, s'allongea sur le dos, et récita dix-sept rosaires pour le repos éternel de l'âme des dix-sept Anglais empoisonnés.

Avril 1980

TRAMONTANE

Je ne le vis qu'une seule fois, au Boccacio, la boîte de nuit à la mode de Barcelone, quelques heures avant son épouvantable mort. Il était persécuté par une bande de jeunes Suédois qui voulaient l'emmener à deux heures du matin finir la soirée à Cadaqués. Ils étaient onze et on avait quelque difficulté à les distinguer les uns des autres, car garçons et filles se ressemblaient tous : superbes, avec des hanches étroites et de longues chevelures dorées. Lui ne devait guère avoir plus de vingt ans. Sous ses boucles d'acier bruni, il avait le teint olivâtre et terne des Caribéens habitués par leurs mamans à marcher à l'ombre, et un regard d'Arabe capable de tourner la tête à n'importe quelle Suédoise et peut-être même à plusieurs Suédois. Ils l'avaient hissé sur le comptoir comme une poupée de ventriloque et lui chantaient des chansons à la mode en battant des mains pour le convaincre de les accompagner. Terrorisé, il essayait de s'expliquer. Quelqu'un intervint à grands cris pour exiger qu'on le laissât en paix, mais l'un des Suédois le défia dans un éclat de rire.

« Il est à nous, s'écria-t-il. On l'a trouvé dans la poubelle. »

J'étais entré peu auparavant avec un groupe d'amis, après le dernier concert de David Oïstrakh au Palau de la Musica, et l'incrédulité des Suédois me donna la chair de poule. Car les motifs du garçon étaient sacrés. Il avait vécu jusqu'à l'été dernier à Cadaqués, où on l'avait engagé pour chanter des chansons antillaises dans une gargote en vogue, jusqu'au jour où la tramontane avait eu raison de lui. Il avait réussi à s'enfuir le deuxième jour, en se jurant de ne jamais revenir, avec ou sans tramontane, certain que s'il revenait, c'est la mort qui l'attendrait. C'était une conviction toute caribéenne que ne pouvait comprendre une bande de Nordiques rationalistes échauffés par l'été et les durs vins catalans de l'époque, qui semaient dans les cœurs des idées sans foi ni loi.

Moi, je le comprenais comme personne. Cadaqués était l'un des plus beaux villages de la Costa Brava, et sans doute le mieux sauvegardé, en partie grâce à la route d'accès, une corniche étroite et en lacet bordant un abîme sans fond, où il fallait avoir le cœur bien accroché pour conduire à plus de cinquante kilomètres à l'heure. Les maisons séculaires étaient blanches et basses, dans le style traditionnel des hameaux de pêcheurs de la Méditerranée. Les plus récentes étaient l'œuvre d'architectes de renom qui avaient respecté l'harmonie originelle. En été, quand la chaleur semblait monter des déserts africains du trottoir d'en face, Cadaqués se transformait en une infernale tour de Babel, avec des touristes venus de toute l'Europe qui, pendant trois mois, disputaient leur paradis aux gens du village et aux étrangers ayant eu la chance d'acheter une maison à bon prix, quand cela était encore possible. Mais au printemps et à l'automne, saisons pendant lesquelles Cadaqués était plus adorable encore, tout le monde songeait avec effroi à la tramontane, ce vent de terre inclément et tenace qui, aux dires des habitants et de quelques écrivains échaudés, porte en lui les germes de la folie.

Il y a une quinzaine d'années j'étais l'un de ses visiteurs assidus, jusqu'au jour où la tramontane percuta nos vies. Je la devinai avant même qu'elle n'arrive, un dimanche à l'heure de la sieste, et j'eus le pressentiment inexplicable qu'il allait se passer quelque chose. L'humeur soudain chagrine, je me sentis triste sans raison et gagné par l'impression que mes enfants, qui n'avaient pas encore dix ans, me suivaient dans toute la maison d'un regard hostile. Le concierge entra peu après avec une boîte à outils et des cordages de bateau pour consolider portes et fenêtres, et ma prostration ne lui causa aucune surprise.

« C'est la tramontane, me dit-il. Avant une heure elle sera là. »

Cet ancien loup de mer, fort âgé, avait gardé de son métier

le ciré, la casquette et la pipe, ainsi qu'une peau brûlée par le sel de toutes les mers du monde. Il consacrait ses heures de loisir à jouer à la pétanque sur la place avec les vétérans de plusieurs guerres perdues, et prenait l'apéritif en compagnie des touristes dans les cafés de la plage, car son catalan de canonnier possédait la vertu d'être compris dans n'importe quelle langue. Il se vantait de connaître tous les ports de la planète, mais aucune ville à l'intérieur des terres. « Même pas Paris en France, qui pourtant n'est pas rien », disait-il. Car il ne faisait confiance à aucun moyen de locomotion qui ne se déplaçait pas sur la mer.

Ces dernières années il avait pris un coup de vieux et ne sortait plus dans la rue. Il passait la plupart du temps dans sa loge de concierge, l'âme solitaire, ainsi qu'il avait toujours vécu. Il préparait lui-même ses repas dans une gamelle et sur un petit réchaud à alcool qui lui suffisaient pour nous régaler de tous les délices d'une cuisine seigneuriale. Dès le lever du jour, il s'occupait des locataires, étage par étage, et cet homme à la générosité spontanée et à la tendresse âpre des Catalans était l'un des plus serviables que j'aie jamais connus. Il parlait peu, mais son langage était direct et franc. Lorsqu'il n'avait rien d'autre à faire, il passait des heures à remplir des bulletins de pronostics pour les matchs de football qu'il ne faisait presque jamais valider.

Ce jour-là, tandis qu'il barricadait portes et fenêtres en prévision du désastre, il nous parla de la tramontane comme d'une femme abominable sans laquelle, pourtant, sa vie n'aurait aucun sens. Je m'étonnai qu'un homme de la mer rendît un tel tribut à un vent de terre.

« C'est un vent plus ancien », dit-il.

On avait le sentiment que pour lui, l'année ne se divisait pas en mois et en jours mais en nombre de fois où soufflait la tramontane. « L'an dernier, environ trois jours après la deuxième tramontane, j'ai eu une crise de coliques », me confia-t-il un jour. Cela expliquait peut-être sa croyance, qui voulait qu'après chaque tramontane on vieillisse de plusieurs années. Son obsession était telle qu'il nous rendit impatients de la connaître, comme on attend une visite enivrante et fatale.

Nous n'eûmes pas à attendre longtemps. Le concierge était à peine sorti que l'on entendit un sifflement qui, de proche en proche, se fit plus aigu et plus intense et s'acheva en une explosion de tremblement de terre. Alors, le vent souffla. D'abord en rafales espacées, de plus en plus rapprochées, puis l'une d'elles persista, sans relâche, sans une seconde d'apaisement, avec une intensité et une force qui tenaient du surnaturel. Notre appartement, au contraire de ce qui est l'usage aux Caraïbes, donnait sur la montagne, à cause peut-être de ce goût curieux des Catalans rétrogrades qui aiment la mer lorsqu'ils ne la voient pas. De sorte que le vent nous frappait de plein fouet et menaçait de faire sauter les amarres des fenêtres.

Ce qui me captiva le plus, cependant, fut que le temps était d'une splendeur inouïe, le soleil d'or et le ciel impavide. Au point que je décidai de sortir avec les enfants pour aller voir la mer. Ils avaient grandi parmi les tremblements de terre du Mexique et les cyclones des Caraïbes, et un vent de plus ou de moins ne nous semblait pas de nature à inquiéter qui que ce fût. Nous passâmes sur la pointe des pieds devant la loge du concierge et nous l'aperçûmes immobile devant un plat de saucisses aux haricots, qui contemplait le vent par la fenêtre. Il ne nous vit pas sortir.

Nous parvînmes à avancer tant que nous fûmes protégés par la maison, mais en tournant le coin de la rue désolée nous dûmes nous agripper à un poteau pour ne pas être emportés par la force du vent. Nous demeurâmes ainsi, en admiration devant la mer impassible et diaphane au milieu du cataclysme, jusqu'à ce que le portier, aidé de quelques voisins, nous porte enfin secours. Alors, il nous fallut bien admettre que la seule chose raisonnable était de rester enfermés chez nous aussi longtemps que Dieu le voudrait. Mais personne n'avait la moindre idée de quand il ne le voudrait plus.

Deux jours plus tard, nous avions le sentiment que ce vent épouvantable n'était pas un phénomène tellurique mais une attaque personnelle que quelqu'un avait lancée contre nous, et contre nous seuls. Le concierge venait nous voir plusieurs fois par jour, pour s'enquérir de notre moral, et nous apportait des fruits et des confiseries pour les enfants. Le mardi, pour le déjeuner, il nous fit cadeau du fleuron de la cuisine catalane qu'il avait mijoté dans sa gamelle : un lapin aux escargots. Ce fut une fête au milieu de l'horreur.

Le mercredi fut le jour le plus long de ma vie, alors que le seul événement était toujours et encore le vent. Mais ce devait être quelque chose comme l'obscurité qui précède le lever du jour, car dans la nuit nous nous réveillâmes tous en même temps, oppressés par un silence absolu qui ne pouvait être qu'un silence de mort. Du côté de la montagne, pas une feuille ne frémissait sur les arbres. Si bien que nous sortîmes alors que le concierge n'avait pas encore allumé sa loge, afin de contempler la mer phosphorescente et le ciel du petit matin brillant de toutes ses étoiles. Il n'était pas encore cinq heures mais de nombreux touristes profitaient déjà de l'accalmie sur les galets de la plage, et les voiliers s'apprêtaient à appareiller après trois jours de pénitence.

En sortant, la loge plongée dans les ténèbres n'avait pas attiré notre attention. Mais lorsque nous rentrâmes, l'air avait la même phosphorescence que la mer, et la loge était toujours éteinte. Inquiet, je frappai deux coups à la porte et comme personne ne répondait, je l'ouvris. Je crois que les enfants le virent avant moi, et ils poussèrent un cri d'horreur. Le vieux concierge, ses insignes de navigateur distingué piqués au revers de sa veste de marin, s'était pendu à la poutre principale, et son corps continuait de se balancer au dernier souffle de la tramontane.

En pleine convalescence et avec un sentiment de nostalgie anticipé, nous quittâmes le village avant la date prévue, avec la détermination irrévocable de ne jamais y revenir. Les touristes avaient de nouveau envahi les rues, et l'on entendait de la musique sur la place des vétérans qui avaient à peine le cœur de toucher les boules de pétanque. Par les fenêtres poussiéreuses du Maritim nous aperçûmes quelques amis qui avaient survécu et revenaient à la vie en ce printemps radieux de la tramontane. Mais tout cela appartenait déjà au passé.

C'est pourquoi, en ce petit matin triste, au Boccacio, nul mieux que moi ne comprenait la terreur de celui qui refusait de retourner à Cadaqués parce qu'il était sûr de mourir. Pourtant, il fut impossible de dissuader les Suédois, et ils finirent par emmener de force le garçon, imbus de la prétention tout européenne à guérir par un remède de cheval ses superstitions africaines. Ils l'engouffrèrent à son corps défendant dans une camionnette d'ivrognes, au milieu des applaudissements et des sifflets d'une clientèle partagée, et entreprirent à cette heure tardive le long voyage pour Cadaqués.

Le lendemain matin je fus réveillé par le téléphone. En rentrant de la soirée j'avais oublié de tirer les rideaux et je n'avais pas la moindre idée de l'heure, mais la chambre était diaprée par l'éclat de l'été. Au bout du fil, la voix anxieuse que je ne reconnus pas d'emblée, finit de me réveiller.

« Tu te souviens du garçon qu'on a emmené hier à Cadaqués? »

Je n'eus pas besoin d'en entendre davantage. Ce fut plus dramatique encore que je ne l'avais imaginé. Le garçon, épouvanté par l'imminence du retour, avait profité d'un instant de distraction des extravagants Suédois, et de la camionnette en marche s'était précipité dans l'abîme pour tenter d'échapper à une mort inéluctable.

Janvier 1982

L'ÉTÉ HEUREUX DE Mme FORBES

Un soir, en rentrant à la maison, nous trouvâmes un énorme serpent de mer cloué par le cou au chambranle de la porte. Noir et phosphorescent, il évoquait un maléfice de gitans avec ses yeux encore vivants et ses dents de scie dans ses mâchoires écarquillées. J'avais neuf ans à l'époque, et j'éprouvai une terreur si vive devant cette apparition de délire que ma voix se brisa. Mais mon frère, de deux ans mon cadet, lâcha les bouteilles d'oxygène, les masques, les palmes, et s'enfuit en poussant un cri d'épouvante. Du tortueux escalier de pierre qui s'élevait le long des rochers entre l'embarcadère et la maison, Mme Forbes l'entendit et se précipita vers nous, haletante et livide, et il lui suffit de voir l'animal crucifié pour comprendre la cause de notre horreur. Elle aimait à dire que lorsque deux enfants sont ensemble, tous deux sont coupables des fautes commises par l'un ou par l'autre, de sorte qu'elle nous réprimanda pour les cris de mon frère puis blâma notre manque de sang-froid. Elle s'adressa à nous en allemand et non pas en anglais comme l'établissait son contrat d'institutrice, peut-être parce qu'elle aussi avait eu peur et ne voulait pas l'admettre. Mais à peine eut-elle repris son souffle qu'elle revint à son anglais rocailleux et à son obsession pédagogique.

« C'est une *Muraena helena*, nous dit-elle, ainsi appelée parce que les Grecs la tenaient pour un animal sacré. »

Oreste, le garçon du pays qui nous enseignait à nager en eau profonde, apparut soudain derrière les touffes de câpriers. Il portait son masque de plongée relevé sur le front, un minuscule maillot de bain et une ceinture de cuir avec six couteaux de forme et de taille différentes, car il ne concevait pas que l'on pût chasser sous l'eau d'une autre manière qu'en luttant au corps à corps avec les bêtes. Il avait une vingtaine d'années, passait plus de temps au fond de l'eau que sur la terre ferme, et son corps, toujours barbouillé d'huile de moteur, rappelait celui d'un animal marin. La première fois qu'elle le vit, Mme Forbes déclara à mes parents qu'il était impossible d'imaginer plus bel être humain. Cependant, sa beauté ne le mettait pas à l'abri des réprimandes : il dut lui aussi essuyer un reproche en italien pour avoir cloué la murène à la porte dans la seule intention de faire peur aux enfants. Puis Mme Forbes le somma de la déclouer avec le respect dû à une créature mythique et nous envoya nous habiller pour le dîner.

Nous nous exécutâmes aussitôt en nous efforçant de ne commettre aucune erreur car après deux semaines passées sous la férule de Mme Forbes nous avions appris que vivre est la chose la plus difficile au monde. Sous la douche, dans la pénombre de la salle de bains, je me rendis compte que mon frère pensait toujours à la murène. « Elle avait des yeux de gens », me dit-il. J'en convenais mais le persuadai du contraire, et réussis à changer de sujet le temps de prendre ma douche. Pourtant, lorsque j'eus fini de me laver, il me demanda de rester avec lui et de lui tenir compagnie.

« Il fait encore jour », dis-je.

J'ouvris les rideaux. Nous étions en plein mois d'août et par la fenêtre on voyait l'ardente plaine lunaire s'étendre jusqu'à l'autre extrémité de l'île, et le soleil comme suspendu dans le ciel.

« Ce n'est pas pour ça, dit mon frère. C'est parce que j'ai peur d'avoir peur. »

Cependant, lorsque nous arrivâmes à table, il semblait plus calme, et le soin qu'il avait mis à sa toilette lui valut une félicitation spéciale de Mme Forbes et deux points supplémentaires pour sa bonne conduite de la semaine. A moi, en revanche, elle en retira deux sur les cinq que j'avais gagnés parce qu'au dernier moment je m'étais laissé emporter par la hâte et étais arrivé dans la salle à manger le souffle court. Cinquante bons points nous donnaient droit à une double ration de dessert, mais ni l'un ni l'autre n'avions réussi à aller au-delà de quinze. C'était dommage car plus jamais nous ne retrouvâmes d'aussi délicieux puddings que ceux de Mme Forbes.

Avant de nous mettre à table, nous priions debout face à nos assiettes vides. Mme Forbes n'était pas catholique, mais son contrat stipulait qu'elle devait nous faire réciter nos prières six fois par jour, et pour s'en acquitter elle les avait apprises par cœur. Puis nous nous asseyions tous les trois, retenant notre souffle tandis qu'elle inspectait notre tenue jusqu'au plus infime détail, et lorsque tout lui paraissait parfait, elle agitait la sonnette. Alors entrait Fulvia Flamínea, la cuisinière, avec l'éternel potage au vermicelle de cet abominable été.

Au début, lorsque nous étions avec nos parents, manger était une fête. Fulvia Flamínea nous servait, caquetant autour de la table avec une vocation pour le désordre qui nous mettait en joie, puis elle s'asseyait avec nous et finissait par picorer dans les assiettes des uns et des autres. Mais depuis que Mme Forbes avait pris nos destinées en main, elle nous servait dans un silence si épais que nous pouvions entendre les gargouillis de la soupe en train de bouillir dans la marmite. Nous dînions la colonne vertébrale soudée au dossier de la chaise, mastiquant dix fois d'un côté et dix fois de l'autre sans quitter du regard cette intraitable et languide femme automnale qui récitait par cœur sa leçon d'urbanité. Elle était comme une messe du dimanche sans la consolation d'un chant.

Le jour où nous trouvâmes la murène clouée à la porte, Mme Forbes nous parla des devoirs envers la patrie. Fulvia Flamínea, comme flottant dans l'air raréfié par sa voix, nous servit aussitôt après le potage un filet grillé d'une chair nivéenne au parfum exquis. Moi, qui préférais alors le poisson à toute autre nourriture de la terre ou du ciel, je sentis mon cœur apaisé au souvenir de notre maison de Guacamayal. Mais mon frère repoussa l'assiette sans même y goûter.

« Je n'aime pas ça », dit-il.

Mme Forbes interrompit la leçon.

« Tu ne peux pas le savoir, tu n'y as même pas goûté. »

Elle adressa à la cuisinière un regard appuyé mais il était trop tard.

« La murène est le poisson le plus fin du monde, *figlio mio*, dit Fulvia Flamínea. Goûte et tu verras. »

Mme Forbes ne se troubla point. Elle nous conta, fidèle à sa méthode inclémente, que dans l'Antiquité la murène était un délice de rois et que les guerriers se disputaient son fiel parce qu'il communiquait un courage surnaturel. Puis elle nous répéta, comme elle l'avait fait si souvent en si peu de temps, que le bon goût n'est pas une vertu congénitale mais qu'en revanche il convient de l'imposer dès l'enfance et non pas de l'enseigner à n'importe quel âge. De sorte qu'il n'y avait aucune raison valable de ne pas manger. Moi qui avais goûté la murène avant même de savoir ce que c'était, je ne pus jamais par la suite me défaire de la contradiction : elle avait une saveur lustrée quoiqu'un peu mélancolique, mais l'image du serpent cloué au linteau était plus forte que mon appétit. Mon frère avala la première bouchée dans un effort surhumain, mais ne put la garder : il vomit.

« Va à la salle de bains, lui dit Mme Forbes sans sourciller, lave-toi et reviens manger. »

J'éprouvai une grande angoisse car je savais combien il lui en coûtait de traverser toute la maison dans la pénombre grandissante et de rester seul dans la salle de bains le temps nécessaire pour se nettoyer. Mais il revint très vite, pâle, vêtu d'une chemise propre, à peine saisi d'un léger tremblement, et il passa avec succès l'examen sévère de sa propreté. Alors Mme Forbes trancha un morceau de murène et lui intima l'ordre de continuer. J'avalai à grand-peine une seconde bouchée. Mon frère, en revanche, ne saisit même pas ses couverts.

« Je n'en mangerai pas », dit-il.

Sa détermination était telle que Mme Forbes se déroba.

« Très bien, dit-elle, mais tu n'auras pas de dessert. »

Le soulagement de mon frère me communiqua son courage. Je croisai mes couverts dans mon assiette, ainsi que Mme Forbes nous avait appris à le faire à la fin d'un plat, et je dis :

« Moi non plus je ne mangerai pas de dessert.

– Alors, pas de télévision, répliqua-t-elle.

– Pas de télévision », dis-je.

Mme Forbes posa sa serviette sur la table et nous nous
levâmes tous trois pour prier. Puis elle nous envoya nous
coucher en nous prévenant que nous ne devions pas mettre
plus de temps pour nous endormir qu'elle n'en mettrait à terminer son repas. Tous nos bons points furent annulés, et elle
nous annonça qu'il nous faudrait en regagner vingt pour pouvoir de nouveau déguster les gâteaux à la crème, les biscuits
à la vanille et les délicieuses tartes aux prunes dont nous ne
retrouvâmes plus jamais la saveur.

Tôt ou tard nous devions en arriver à cette rupture. Pendant une année entière nous avions attendu avec anxiété cet
été en liberté sur l'île de Pantelaria, à l'extrême sud de la
Sicile, et c'est ainsi que nous l'avions vécu le premier mois,
passé avec nos parents. Je me souviens comme d'un rêve de
la plaine solaire aux roches volcaniques, de la mer éternelle,
de la maison et des marches de son perron blanchi à la chaux,
des fenêtres d'où l'on voyait, les nuits sans vent, les ailes
lumineuses des phares d'Afrique. En explorant avec mon
père les fonds endormis autour de l'île, nous avions découvert une série de torpilles jaunes échouées depuis la dernière
guerre, et remonté une amphore grecque de près d'un mètre
de haut ornée de guirlandes pétrifiées, au fond de laquelle
reposaient les résidus d'un vin immémorial et empoisonné, et
nous nous étions baignés dans une crique fumante dont les
eaux étaient si denses que l'on pouvait presque marcher dessus. Mais la révélation la plus éblouissante avait été Fulvia
Flamínea. Elle avait l'air d'un évêque heureux, et dans ses
jambes traînait toujours une bande de chats somnolents qui
lui entravaient le pas et qu'elle prétendait tolérer non par
amour mais pour empêcher les rats de la dévorer. Le soir,
pendant que nos parents regardaient à la télévision les émis-
sions pour adultes, Fulvia Flamínea nous emmenait chez elle,
une maison située à moins de cent mètres de la nôtre, et nous
apprenait à reconnaître les dialectes anciens, les chansons, ou
les rafales de pleurs des vents de Tunis. Son mari était un
homme trop jeune pour elle, qui travaillait tout l'été dans les

hôtels de tourisme à l'autre bout de l'île et ne rentrait chez lui que pour dormir. Oreste vivait avec ses parents un peu plus loin, et toujours il revenait le soir avec des ribambelles de poissons et des paniers de langoustes tout frais pêchés qu'il accrochait dans la cuisine et que le mari de Fulvia Flamínea vendait le lendemain aux hôteliers. Puis il levait sur son front sa lanterne de plongée et nous emmenait chasser des mulots grands comme des lapins, qui étaient à l'affût des reliefs des cuisines. Parfois, nous rentrions alors que nos parents étaient déjà couchés, et c'est à peine si nous pouvions dormir à cause du vacarme des rongeurs qui se disputaient les restes dans les patios. Mais ce désagrément appartenait à la magie de notre été heureux.

La décision d'engager une institutrice allemande ne pouvait venir que de mon père, un écrivain des Caraïbes avec plus de prétentions que de talent. Fasciné par les cendres des gloires de l'Europe, il semblait toujours trop désireux de se faire pardonner ses origines, dans ses livres comme dans la vie, et il s'était mis en tête que chez ses enfants rien ne devait demeurer de son passé. Ma mère, elle, conserva toute sa vie son humilité d'institutrice errante de la Guajira et il ne lui serait jamais venu à l'esprit que son mari pût concevoir une idée qui ne fût providentielle. De sorte que ni l'un ni l'autre n'interrogea son cœur pour savoir quelle allait être notre vie sous la férule d'un sergent de Dortmund qui s'entêtait à nous inculquer par la force les coutumes les plus rances de la société européenne pendant qu'ils participeraient, avec quarante écrivains, à une croisière culturelle de cinq semaines dans les îles de la mer Égée.

Mme Forbes était arrivée le dernier samedi de juillet par le bateau régulier de Palerme, et à l'instant même où nous la vîmes nous comprîmes que la fête était finie. Elle débarqua dans la chaleur méridionale chaussée de bottes de milicien, vêtue d'une robe à col tailleur, et les cheveux coupés comme ceux d'un homme, sous un chapeau de feutre. Elle sentait le pipi de singe. « Tous les Européens sentent comme ça, surtout en été, nous dit mon père. C'est l'odeur de la civilisation. » Mais en dépit de sa tenue martiale, Mme Forbes était une créature émaciée qui aurait pu nous inspirer une certaine compassion si nous avions été plus âgés ou s'il lui était resté quelque vestige de tendresse. Le monde bascula. Les six heures de mer qui, depuis le début des vacances, avaient été un inépuisable exercice d'imagination se transformèrent en une seule et même heure répétée à l'infini. Lorsque nous étions avec nos parents, nous nagions autant qu'il nous plaisait en compagnie d'Oreste, étonnés de l'art et de l'audace avec lesquels il affrontait les poulpes dans leur propre milieu trouble d'encre et de sang, avec pour seules armes ses couteaux de combat. Par la suite, il arrivait comme auparavant, vers onze heures, à bord de son petit canot à moteur, mais Mme Forbes ne l'autorisait pas à rester une minute de plus que le temps indispensable à notre leçon de plongée. Elle nous interdit d'aller le soir chez Fulvia Flamínea parce qu'elle considérait ces sorties comme un excès de familiarité envers les domestiques, et nous dûmes consacrer à l'analyse de Shakespeare le temps que nous passions à chasser les mulots. Habitués à voler les mangues dans les jardins et à tuer les chiens à coups de brique dans les rues brûlantes de Guacamayal, nous n'aurions pu imaginer tourment plus cruel que cette éducation princière.

Toutefois, nous nous aperçûmes très vite que Mme Forbes n'était pas aussi stricte envers elle-même qu'elle l'était avec nous, et ce fut la première brèche dans son autorité. Au début, elle restait sur la plage, sous le parasol multicolore, habillée comme en temps de guerre, lisant les ballades de Schiller pendant qu'Oreste nous apprenait à plonger, puis elle nous donnait des heures durant des leçons théoriques de bonne conduite en société, jusqu'à la pause du déjeuner.

Un jour, elle demanda à Oreste de l'emmener en hors-bord jusqu'aux magasins pour touristes que l'on trouve dans les hôtels, et elle en revint avec un maillot de bain une-pièce, noir et chatoyant comme une peau de phoque. Pourtant, elle n'entra jamais dans l'eau. Elle prenait le soleil sur la plage tandis que nous nagions, et elle épongeait sa sueur avec sa serviette sans même se rafraîchir au tuyau d'arrosage, si bien qu'au bout de trois jours elle ressemblait à un homard ébouillanté et que l'odeur de la civilisation était devenue insupportable.

La nuit, elle donnait libre cours à ses instincts. Dès le
début de son mandat, nous avions senti que quelqu'un mar-
chait dans la maison obscure, brassant les ténèbres, et mon
frère avait pris peur à l'idée que c'était peut-être les noyés
errants dont nous avait tant parlé Fulvia Flamínea. Mais
nous découvrîmes très vite que c'était Mme Forbes qui, la
nuit, vivait la vraie vie d'une femme solitaire qu'elle se
serait reprochée pendant la journée. Un matin, à l'aube,
nous la surprîmes dans la cuisine, vêtue d'une chemise de
nuit de pensionnaire, en train de préparer ses splendides des-
serts, barbouillée de farine des pieds à la tête, et de boire du
porto, livrée à un désordre mental qui aurait scandalisé
l'autre Mme Forbes. Nous savions qu'après nous avoir mis
au lit elle ne se rendait pas dans sa chambre, mais descendait nager en cachette ou s'attardait dans le salon jusqu'à
une heure avancée pour regarder, devant le téléviseur dont
elle coupait le son, les films interdits aux mineurs, englou-
tissant des gâteaux et vidant une de ces bouteilles de vin que
mon père prenait soin de garder pour les grandes occasions.
Contrariant ses sermons d'austérité et de bonne conduite,
elle se gavait sans répit avec une sorte de passion débridée.
Puis nous l'entendions soliloquer dans sa chambre, réciter
dans son allemand mélodieux des strophes entières de *Die
Jungfrau von Orleans*, nous l'entendions chanter, nous
l'entendions sangloter dans son lit jusqu'à l'aube, et la
voyions apparaître au petit déjeuner les yeux gonflés de
larmes, de jour en jour plus lugubre et plus autoritaire. Mon
frère et moi ne fûmes jamais plus malheureux qu'alors, mais
j'étais prêt à boire le calice jusqu'à la lie car je savais que,
de toute façon, sa raison prévaudrait contre la nôtre. Mon
frère, en revanche, l'affronta avec toute la fougue de son
caractère, et l'été heureux devint un enfer. L'incident de la
murène fut la limite ultime. Le soir même, tandis que nous
entendions de nos lits le remue-ménage incessant de
Mme Forbes dans la maison endormie, mon frère se vida
d'un coup de toute la rancœur accumulée qui pourrissait
dans son âme.

« Je vais la tuer », dit-il.

Je fus surpris non tant par sa détermination que par le

hasard qui me faisait penser à la même chose depuis le dîner. Je tentai cependant de l'en dissuader.

« On te coupera la tête, lui dis-je.

– En Sicile il n'y a pas de guillotine, répondit-il. Et puis personne ne saura qui c'est. »

Il pensait à l'amphore sauvée des eaux où se trouvait toujours le sédiment de vin mortel. Mon père le conservait parce qu'il voulait le soumettre à une analyse plus approfondie afin de connaître la nature de ce poison qui ne pouvait être le seul résultat du temps. L'utiliser contre Mme Forbes était si facile que personne ne songerait à autre chose qu'à un accident ou un suicide. De sorte qu'à l'aube, lorsque nous l'entendîmes s'écrouler, exténuée après sa nuit de veille tourmentée, nous versâmes une partie du contenu de l'amphore dans la bouteille de vin que mon père gardait pour les occasions exceptionnelles. D'après ce que nous avions entendu dire, la dose était suffisante pour tuer un cheval.

A neuf heures précises, nous prenions dans la cuisine le petit déjeuner servi par Mme Forbes en personne, et composé de petits pains au lait que Fulvia Flamínea posait très tôt sur le four. Deux jours après la substitution du vin, tandis que nous prenions notre repas matinal, mon frère me fit comprendre d'un regard déçu que la bouteille empoisonnée était encore intacte dans le buffet. C'était un vendredi, et la bouteille demeura pleine pendant tout le week-end. Mais, dans la nuit du mardi, Mme Forbes en but la moitié en regardant les films érotiques à la télévision.

Cependant, elle se présenta avec la même ponctualité au petit déjeuner, le mercredi. Elle avait sa tête habituelle des mauvaises nuits, et son regard aussi anxieux que de coutume derrière les verres épais de ses lunettes le devint plus encore lorsqu'elle trouva dans la corbeille des petits pains une lettre affranchie avec des timbres allemands. Elle la lut tout en buvant son café, ce qu'elle nous avait recommandé tant de fois de ne pas faire, et, à mesure qu'elle lisait, des rafales de lumière éclairaient son visage irradié par les mots. Puis elle décolla les timbres de l'enveloppe et les posa dans la corbeille avec le reste des petits pains, pour la collection du mari de Fulvia Flamínea. Ce jour-là, en dépit d'une première expérience désagréable, elle nous accompagna dans notre exploration des fonds sous-marins et flâna avec nous dans une mer d'eaux légères jusqu'à épuisement des bouteilles d'oxygène. Nous rentrâmes à la maison sans notre leçon de bonne conduite. Mme Forbes fut non seulement d'une humeur florale toute la journée, mais à l'heure du dîner elle semblait plus vivante que jamais. De son côté, mon frère n'en pouvait plus de découragement. Dès que nous eûmes reçu l'ordre de commencer à manger, il écarta son assiette de potage au vermicelle d'un geste provocateur.

« J'en ai plein le cul de ce bouillon d'asticots. »

Ce fut comme s'il avait lancé une grenade incendiaire sur la table. Mme Forbes pâlit, ses lèvres se durcirent tandis que se dissipait la fumée de l'explosion, et les verres de ses lunettes s'embuèrent de larmes. Elle les ôta, les essuya avec sa serviette qu'avant de se lever elle posa sur la table d'un geste amer de capitulation sans gloire.

« Faites ce que vous voudrez, dit-elle, je n'existe pas. »

Elle s'enferma dans sa chambre dès sept heures. Mais avant minuit, alors qu'elle nous croyait endormis, nous la vîmes passer avec sa chemise de pensionnaire, emportant dans sa chambre la moitié d'un gâteau au chocolat et la bouteille qui contenait plus de quatre doigts de vin empoisonné. Je fus pris d'un tremblement de pitié.

« Pauvre Mme Forbes », dis-je.

Mon frère ne respirait pas en paix.

« Pauvres de nous si elle ne meurt pas cette nuit », dit-il.

Au petit jour, elle parla seule pendant un long moment, déclama Schiller à pleine voix, comme sous l'emprise d'une folie frénétique, et acheva sa tirade par un long cri final qui résonna dans toute la maison. Puis elle poussa du tréfonds de son âme plusieurs soupirs et succomba dans un sifflement triste et continu pareil à celui d'un bateau à la dérive. Lorsque nous nous réveillâmes, encore épuisés par la tension de la veille, le soleil dardait ses rayons sur les persiennes mais la maison semblait engloutie au fond d'un étang. Nous nous aperçûmes qu'il était presque dix heures et que la routine matinale de Mme Forbes ne nous avait pas réveillés. Nous n'avions pas entendu la chasse d'eau à huit heures, ni le robinet du lavabo, ni le bruit des volets, ni les fers de ses bottes, ni les trois coups mortels frappés à la porte de la paume de sa main de négrier. Mon frère colla l'oreille contre le mur, retint son souffle afin d'entendre le moindre signe de vie dans la chambre voisine et poussa un soupir de libération.

« Ça y est, dit-il. On n'entend que le bruit de la mer. »

Nous préparâmes nous-mêmes notre petit déjeuner un peu avant onze heures, puis nous descendîmes à la plage avec chacun deux bouteilles d'oxygène et deux autres de rechange, avant que Fulvia Flamínea n'arrive avec sa bande de chats pour faire le ménage. Oreste était déjà sur l'embarcadère en train d'étriper une daurade de six livres qu'il venait de pêcher. Nous lui expliquâmes que nous avions attendu Mme Forbes jusqu'à onze heures et que, comme elle dormait toujours, nous avions décidé de descendre tout seuls à la mer. Nous lui racontâmes aussi que la veille elle avait eu une crise de larmes à table, et qu'elle avait peut-être mal dormi et préféré rester au lit. Comme nous l'espérions, l'explication n'intéressa pas Oreste outre mesure, et il vagabonda sous l'eau avec nous un peu plus d'une heure. Puis il nous dit de monter déjeuner et partit dans son bateau à moteur vendre la daurade aux hôteliers. De l'escalier de pierre, nous agitâmes la main en signe d'adieu pour lui faire croire que nous rentrions à la maison, puis nous attendîmes de le voir disparaître derrière les falaises. Alors, nous accrochâmes les bouteilles pleines sur notre dos pour prolonger notre baignade sans l'autorisation de personne.

Le temps s'était couvert et il y avait de sourds roulements de tonnerre à l'horizon, mais la mer était lisse et diaphane et brillait de sa propre lumière. Nous nageâmes en surface jusqu'à hauteur du phare de Pantelaria, bifurquâmes à droite cent mètres plus loin et plongeâmes à l'endroit où nous croyions avoir aperçu les torpilles de guerre au début de l'été. Elles étaient là, en effet : six torpilles peintes en jaune solaire avec leur numéro de série intact, couchées sur le fond volcanique dans un ordre si parfait qu'il ne pouvait être fortuit. Puis nous contournâmes le phare à la recherche de la ville engloutie dont Fulvia Flamínea nous avait si souvent parlé avec tant de fascination, mais nous ne pûmes la trouver.

Deux heures plus tard, nous remontâmes à la surface avec la dernière bouffée d'oxygène, convaincus qu'il n'y avait plus de mystères à découvrir.

L'orage estival avait éclaté pendant que nous étions sous l'eau, la mer était mauvaise et une foule d'oiseaux carnassiers tournoyaient dans le ciel en poussant des cris féroces au-dessus de la rangée de poissons moribonds étendus sur la plage. Mais la lumière de l'après-midi semblait encore à peine née et la vie était bonne sans Mme Forbes. Pourtant, après avoir monté à grand-peine l'escalier taillé dans l'escarpement de roches, nous vîmes une foule massée à l'intérieur de la maison et deux voitures de police devant la porte, et nous prîmes alors pour la première fois conscience de ce que nous avions fait. Mon frère se mit à trembler et voulut rebrousser chemin.

« Je n'entre pas », dit-il.

Moi, en revanche, j'avais le pressentiment confus que nous serions lavés de tout soupçon si nous parvenions à voir le cadavre.

« Du calme, lui dis-je, respire un bon coup et dis-toi bien une chose : on ne sait rien. »

Personne ne fit attention à nous. Nous abandonnâmes devant le portail les bouteilles, les masques et les palmes, et nous entrâmes par la galerie latérale où deux hommes fumaient, assis par terre, à côté d'un brancard. Nous aperçûmes alors l'ambulance à la porte de derrière et plusieurs soldats armés de fusils. Dans le salon, les femmes du voisinage priaient en dialecte, assises sur les chaises que l'on avait alignées le long du mur, et leurs hommes, regroupés dans le jardin, s'entretenaient de choses et d'autres qui n'avaient rien à voir avec la mort. Je serrai avec plus de force encore la main de mon frère, dure et glacée, et nous entrâmes par-derrière. Notre chambre, la porte grande ouverte, était dans l'état où nous l'avions laissée le matin. Un carabinier contrôlait l'entrée de celle de Mme Forbes, contiguë à la nôtre. La porte n'était pas fermée et à peine en avions-nous franchi le seuil, le cœur battant, que Fulvia Flamínea sortit en trombe de la cuisine et claqua la porte en poussant un cri d'horreur.

« Pour l'amour de Dieu, *figlioli*, ne regardez pas! »

Mais il était trop tard. Ce que nous vîmes en cet instant fugace nous marqua pour la vie. Deux hommes en civil mesuraient avec un centimètre la distance du lit au mur, tandis qu'un troisième prenait des photos avec un appareil recouvert d'un drap noir comme ceux des photographes dans les jardins publics. Mme Forbes n'était pas sur son lit défait. Elle était étendue par terre, sur le côté, nue, dans une mare de sang séché qui avait imprégné tout le plancher de la chambre, le corps criblé de coups de poignard. Elle avait vingt-sept blessures mortelles, et à leur nombre et leur force, on pouvait deviner qu'elles avaient été assenées avec la fureur d'un amour sans quiétude et que Mme Forbes les avait reçues avec une égale passion, sans un cri, sans même une larme, en récitant Schiller de sa belle voix de soldat, consciente que tel était l'inexorable prix de son été heureux.

1976

LA LUMIÈRE EST COMME L'EAU

Pour Noël, les enfants redemandèrent un bateau à rames.

« D'accord, dit le père, on l'achètera en rentrant à Cartagena. »

Totó, qui avait neuf ans, et Joel, sept ans, étaient plus têtus que ne le croyaient leurs parents.

« Non, s'écrièrent-ils en chœur. On le veut ici et tout de suite.

– Pour commencer, répondit la mère, ici la seule eau navigable est celle de la douche. »

Les parents avaient raison. A Cartagena de Indias, ils possédaient une maison avec un jardin, une digue qui s'enfonçait dans les eaux de la baie et un abri pour deux grands yachts. En revanche, à Madrid, ils vivaient les uns sur les autres au cinquième étage du numéro 47 du paseo de la Castellana. Mais au bout du compte ni l'un ni l'autre n'eurent le cœur de le leur refuser car ils leur avaient promis un bateau avec des rames, un sextant et une boussole s'ils étaient les premiers de la classe, et ils l'avaient été. De sorte que le père acheta le tout sans rien dire à son épouse qui, des deux, se montrait la plus réticente à payer les dettes de jeu. C'était un magnifique bateau en aluminium avec un filet doré qui marquait la ligne de flottaison.

« Le bateau est dans le garage, avoua le père pendant le déjeuner. Le problème c'est qu'il n'entre pas dans l'ascenseur, qu'il ne passe pas dans l'escalier, et que dans le garage il n'y a plus de place. »

Mais le samedi après-midi, les enfants invitèrent des camarades pour qu'ils les aident à monter le bateau par l'escalier et ils parvinrent à le porter jusque dans la chambre de service.

« Bravo, leur dit le père. Et maintenant?

– Maintenant rien, répondirent les enfants. On voulait juste avoir le bateau dans la chambre, et c'est fait. »

Le mercredi soir, comme tous les mercredis, les parents allèrent au cinéma. Les enfants, maîtres et seigneurs des lieux, fermèrent portes et fenêtres et brisèrent l'ampoule allumée d'une des lampes du salon. Un torrent de lumière dorée et fraîche comme de l'eau s'en échappa, et ils la laissèrent s'écouler jusqu'à ce qu'elle atteigne une hauteur de vingt-cinq centimètres. Alors ils coupèrent le courant, allèrent chercher le bateau, et naviguèrent, ravis, entre les îles de la maison.

Cette fabuleuse aventure fut le résultat d'une de mes imprudences un jour que je participais à un séminaire sur la poésie des ustensiles ménagers. Totó m'avait demandé comment on pouvait faire surgir la lumière en appuyant sur un simple bouton et je n'eus pas le courage de réfléchir deux fois à la réponse.

« La lumière, c'est comme l'eau, lui répondis-je : on ouvre le robinet et elle sort. »

De sorte qu'ils poursuivirent leur navigation tous les mercredis soir, apprirent à se servir du sextant et de la boussole, et lorsque leurs parents rentraient du cinéma, ils les trouvaient endormis comme deux angelots terrestres. Quelques mois plus tard, désireux d'en avoir plus, ils demandèrent un équipement complet de plongée sous-marine, avec masques, palmes, bouteilles et fusils à air comprimé.

« C'est déjà stupide d'avoir un bateau à rames dans la chambre de service et qui ne sert à rien, dit le père. Mais ce le serait encore plus d'avoir des équipements de plongée.

– Et si on a le prix d'excellence? dit Joel.

– Non, dit la mère, effrayée. C'est fini. »

Le père lui reprocha son intransigeance.

« Ces enfants ne font pas le moindre effort pour faire ce qu'ils doivent faire, dit la mère, mais pour un caprice ils sont capables de décrocher la lune. »

A la fin, les parents ne répondirent ni oui ni non. Mais

Totó et Joel, qui les deux années précédentes avaient été les derniers de la classe, remportèrent au mois de juillet le prix d'excellence et reçurent les félicitations du directeur. L'après-midi, sans qu'ils aient eu à les redemander, ils trouvèrent dans leur chambre les équipements de plongée dans leur emballage d'origine. De sorte que le mercredi suivant, tandis que leurs parents voyaient *Le Dernier Tango à Paris*, ils remplirent l'appartement à hauteur de deux brasses, plongèrent comme de doux requins sous les meubles et les lits, et remontèrent du fond de la lumière les objets qui, depuis des années, étaient perdus dans le noir.

Le jour des prix, les deux frères furent acclamés comme un exemple pour l'école et on leur remit leurs diplômes. Cette fois ils n'exigèrent rien parce que les parents ne leur avaient pas demandé ce qu'ils désiraient. Ils furent si raisonnables qu'ils se contentèrent d'une fête à la maison pour faire plaisir à leurs camarades d'école.

Le père, une fois seul avec sa femme, se montra ravi.

« C'est une preuve de maturité, dit-il.

– Le ciel t'entende », répondit la mère.

Le mercredi suivant, pendant que les parents voyaient *La Bataille d'Alger*, les passants qui se trouvaient sur le paseo de la Castellana aperçurent un flot de lumière tombant d'un vieil immeuble dissimulé derrière les arbres. Elle sortait par les balcons et se répandait en cascade sur la façade avant de s'écouler sur la grande avenue en un torrent doré qui illuminait la ville jusqu'à la sierra de Guadarrama.

Appelés d'urgence, les pompiers forcèrent la porte du cinquième étage et trouvèrent l'appartement inondé de lumière jusqu'au plafond. Le canapé et les fauteuils tapissés de peau de léopard flottaient dans le salon à différentes hauteurs, parmi les bouteilles du bar, le piano à queue et son châle andalou qui voletait comme une grande raie couleur d'or. Les ustensiles ménagers, dans la plénitude de leur poésie, volaient de leurs propres ailes dans le ciel de la cuisine. Les instruments de la fanfare militaire, que les enfants utilisaient pour danser, flottaient à la dérive parmi les poissons multicolores échappés de l'aquarium, seules créatures vivantes et heureuses dans le vaste marécage éclaboussé de lumière.

Dans la salle de bains flottaient les brosses à dents de toute la famille, les préservatifs du père, les pots de crème et le dentier de rechange de la mère, et le téléviseur de la chambre donnait de la bande avec, sur l'écran, la dernière image du film de minuit interdit aux enfants.

A l'extrémité du couloir, flottant entre deux eaux, Totó, assis à la poupe du bateau, agrippé aux rames, son masque sur le visage, avait guetté le phare du port aussi longtemps que l'oxygène des bouteilles le lui avait permis, et Joel flottait à la proue cherchant l'étoile polaire à l'aide du sextant, et leurs trente-sept camarades flottaient dans toute la maison, immortalisés à l'instant précis où ils urinaient sur les géraniums de la jardinière, où ils chantaient l'hymne de leur école dont ils avaient changé les paroles pour mieux se moquer du directeur, où ils buvaient en catimini un verre de brandy de la bouteille du père. Car ils avaient ouvert tant de lumières à la fois que la maison en avait été inondée et que toute la classe de quatrième de l'école élémentaire de Saint-Julien-l'Hospitalier s'était noyée au numéro 47 du paseo de la Castellana. En Espagne, à Madrid, une ville ancestrale aux étés torrides et aux vents glacials, sans mer ni fleuve, et dont les aborigènes terriens n'avaient jamais maîtrisé l'art de naviguer dans la lumière.

Décembre 1978

LA TRACE DE TON SANG DANS LA NEIGE

La nuit venant, lorsqu'ils atteignirent la frontière, Nena Daconte s'aperçut que le doigt qui portait son anneau nuptial saignait toujours. Le garde civil, une couverture de laine écrue par-dessus son tricorne verni, examina les passeports à la lumière d'une lampe tempête en s'efforçant à grand-peine de ne pas être jeté à terre par la violence du vent qui soufflait des Pyrénées. Malgré les deux passeports diplomatiques en règle, l'homme leva sa lanterne pour s'assurer que les photographies ressemblaient bien aux visages. Nena Daconte était presque une enfant avec ses yeux d'oiseau heureux et sa peau de sucre roux encore éclaboussée par le soleil des Caraïbes en ce crépuscule lugubre de janvier, et elle était emmitouflée jusqu'au cou dans un manteau en queues de vison que la solde annuelle de toute la garnison frontalière n'eût pas suffi à acheter. Billy Sánchez de Ávila, son mari, qui conduisait la voiture, était d'un an son cadet et presque aussi beau qu'elle avec sa veste écossaise et sa casquette de joueur de base-ball. Au contraire de son épouse, il était grand et athlétique et avait les mâchoires de fer des durs au cœur timide. Mais plus révélatrice encore de leur condition à tous deux était la voiture métallisée dont l'intérieur exhalait un souffle de bête vivante. Sur cette frontière de pauvres on n'en avait jamais vu de semblable. Le siège arrière disparaissait sous un tas de valises trop neuves et de paquets-cadeaux non ouverts. Il y avait aussi le saxophone ténor, la grande passion de Nena Daconte avant qu'elle ne succombe à l'amour contrarié de son tendre bandit de grandes plages.

Lorsque le garde civil lui rendit les passeports tamponnés,

Billy Sánchez lui demanda où ils pouvaient trouver une pharmacie pour faire panser le doigt de sa femme, et le policier lui cria, contre le vent, de se renseigner à Hendaye, du côté français. Mais à Hendaye, les policiers, assis en manches de chemise à la table d'une guérite de verre bien chauffée et bien éclairée, jouaient aux cartes tout en mangeant du pain trempé dans des bols de vin : un simple coup d'œil au gabarit et à l'aspect de la voiture leur suffit, et ils leur firent signe de passer en France. Billy Sánchez klaxonna à plusieurs reprises mais, ne comprenant pas qu'on les appelait, un des gendarmes ouvrit le guichet et leur cria, plus rageur que le vent :

« Merde! Allez-vous-en*! »

Nena Daconte descendit alors de la voiture, le col de son manteau relevé jusqu'aux oreilles, et, dans un français parfait, demanda au policier où il y avait une pharmacie. La bouche pleine de pain, l'homme répondit, sans même réfléchir, que ce n'était pas son affaire, surtout avec une bourrasque pareille, et il referma le guichet. Mais son regard s'arrêta soudain sur la jeune femme qui, emmitouflée dans le scintillement des visons, suçotait un doigt blessé, et il dut la prendre pour une apparition féerique au milieu de cette nuit d'épouvante, car son humeur changea soudain. Il expliqua que la ville la plus proche était Biarritz mais qu'en plein hiver et avec ce temps de chien, ils ne trouveraient pas de pharmacie ouverte avant Bayonne, un peu plus loin.

« C'est grave? demanda-t-il.

— Non, ce n'est rien, sourit Nena Daconte en lui montrant son doigt où brillait l'alliance en diamants et au bout duquel on voyait à peine la blessure. Juste une piqûre de rose. »

Avant Bayonne, la neige se remit à tomber. Il n'était guère plus de sept heures, mais ils trouvèrent les rues désertes et les maisons fermées à cause de la violence de la bourrasque et, après avoir tourné en rond sans trouver de pharmacie, ils décidèrent de poursuivre leur route. Billy Sánchez se réjouit de ce choix. Il avait une passion insatiable pour les voitures rares, un papa avec trop de sentiments de culpabilité et trop de moyens pour ne pas satisfaire ses désirs, et il n'avait

---

* En français dans le texte.

jamais rien conduit de pareil à cette Bentley décapotable, son cadeau de noces. Son ivresse au volant était telle que plus il roulait moins il se sentait fatigué. Il était prêt à continuer jusqu'à Bordeaux, où les attendait la suite nuptiale de l'hôtel Splendid, et ni les vents les plus fous ni toute la neige du ciel n'auraient pu l'en empêcher. Nena Daconte, en revanche, était épuisée, surtout après le dernier tronçon de la route de Madrid qui n'était qu'un sentier de chèvres fouetté par la grêle. De sorte qu'après Bayonne elle enveloppa son doigt dans un mouchoir, le serra bien fort pour arrêter le sang qui coulait toujours et succomba au sommeil. Billy Sánchez ne s'en aperçut qu'un peu avant minuit, alors que la neige avait cessé de tomber, que dans les pins le vent s'était calmé et que le ciel des Landes était glacé d'étoiles. Ils avaient dépassé les lumières endormies de Bordeaux, mais il n'arrêta la voiture que pour faire le plein dans une station-service au bord de la route, car il se sentait d'attaque pour rouler jusqu'à Paris sans reprendre haleine. Il était si content de son énorme jouet de vingt-cinq mille livres sterling qu'il ne se demanda même pas s'il en était de même pour la créature de rêve qui dormait à son côté, le doigt enveloppé dans un mouchoir trempé de sang et dont le sommeil d'adolescente était pour la première fois traversé de rafales d'incertitude.

Ils s'étaient mariés trois jours plus tôt, à dix mille kilomètres de là, à Cartagena de Indias, sous les yeux stupéfaits des parents de Billy Sánchez et le regard déçu de ceux de Nena Daconte, mais avec la bénédiction personnelle de l'archevêque primat. Personne, hormis eux-mêmes, ne comprenait les motifs profonds de cet amour imprévisible, et nul n'en connaissait l'origine. Tout avait commencé trois mois avant leur mariage, un dimanche au bord de la mer, quand la bande de Billy Sánchez avait pris d'assaut les vestiaires des dames de la plage de Marbella. Nena Daconte, qui avait tout juste dix-huit ans et venait de sortir du pensionnat de la Châtellenie, à Saint-Blaise, en Suisse, parlait quatre langues sans accent et jouait du saxophone ténor avec une maîtrise de virtuose. C'était son premier dimanche à la plage depuis son retour. Elle s'était dévêtue afin de mettre son maillot de bain quand soudain, des cabines voisines, éclatèrent les premiers branle-bas de panique et les premiers cris d'abordage, mais elle ne comprit ce qui se passait que lorsque le loquet de sa porte vola en éclats et qu'elle vit, debout devant elle, le plus beau vaurien que l'on puisse imaginer. Il ne portait qu'un petit slip en imitation de peau de léopard, et son corps rassurant et souple avait la couleur dorée des gens de mer. A son poignet droit, orné d'un bracelet de gladiateur romain, était enroulée une chaîne de fer dont il se servait comme d'une arme mortelle, et à son cou pendait une petite médaille sans effigie qui palpitait en silence au rythme de son cœur affolé. Ils étaient allés ensemble à l'école primaire, ensemble ils avaient brisé les marmites-surprises de nombreuses fêtes d'anniversaire, car ils appartenaient tous deux à la même souche provinciale qui, depuis les temps des colonies, menait à sa guise les destinées de la ville, mais ils ne s'étaient pas vus depuis si longtemps qu'au premier abord ils ne se reconnurent pas. Nena Daconte était restée debout, immobile, sans esquisser le moindre geste pour cacher sa nudité intense. Billy Sánchez accomplit alors son cérémonial puéril : il baissa son slip de léopard et lui montra son superbe animal dressé. Elle le regarda droit dans les yeux, sans sourciller.

« J'en ai vu de plus grandes et de plus fermes, dit-elle, surmontant sa terreur. Alors, réfléchis bien à ce que tu vas faire parce qu'avec moi il te faudra en user mieux qu'un nègre. »

En réalité, Nena Daconte était vierge et elle n'avait jamais vu d'homme nu de sa vie. Le défi, cependant, fut efficace car la seule chose qui vint à l'esprit de Billy Sánchez fut de frapper un coup de poing rageur contre le mur, la chaîne autour de sa main, si bien qu'il se brisa les os. Elle le conduisit à l'hôpital dans sa voiture, l'aida à supporter la convalescence, et ils finirent par apprendre à faire comme il se doit l'amour ensemble. Ils passèrent ces difficiles après-midi de juin sur la terrasse intérieure de la maison où étaient mortes six générations de la grande famille des Daconte, elle à jouer des chansons à la mode au saxophone, lui la main dans le plâtre à la contempler de son hamac avec une stupéfaction sans fin. La maison avait de nombreuses portes-fenêtres qui donnaient

sur l'étang pourri de la baie, et c'était l'une des demeures les
plus anciennes et les plus grandes du quartier de la Manga,
mais sans aucun doute la plus laide. La terrasse au dallage en
damier où Nena Daconte jouait du saxophone était une oasis
de fraîcheur dans la chaleur de l'après-midi, et elle donnait
sur un patio protégé par les grandes ombres des manguiers et
des bananiers au pied desquels se trouvait une pierre tombale
anonyme, plus ancienne que la maison et que la mémoire de
la famille. Les moins sensibles à la musique trouvaient que
les sons d'un saxophone étaient anachroniques dans une
aussi noble demeure. « On dirait une corne de navire », avait
déclaré la grand-mère de Nena Daconte lorsqu'elle les avait
entendus pour la première fois. Sa mère l'avait en vain inci-
tée à en jouer d'une façon différente de celle qu'elle avait
adoptée par commodité, jupes remontées jusqu'aux cuisses,
genoux écartés, avec une sensualité qui ne lui semblait pas
du tout essentielle à la musique. « Peu importe de quel ins-
trument tu joues, disait-elle, pourvu que tu en joues les
jambes serrées. » Mais ce furent ces airs de bateau en partance et cet acharnement à l'amour qui permirent à Nena
Daconte de briser l'écorce amère de Billy Sánchez. Sous sa
triste réputation de voyou fort bien étayée par la conjonction
de deux patronymes illustres, elle découvrit un orphelin effa-
rouché et tendre. A mesure que les os de sa main se ressou-
daient, ils parvinrent à se connaître si bien qu'il fut stupéfait
de la simplicité avec laquelle l'amour vint à eux lorsqu'elle
le conduisit jusqu'à son lit de jeune fille, par une après-midi
de pluie alors qu'ils étaient restés seuls dans la maison. Tous
les jours à la même heure, pendant presque deux semaines,
ils batifolèrent nus sous le regard éberlué des guerriers sans
uniforme et des grand-mères insatiables qui les avaient pré-
cédés au paradis de cette couche historique. Même pendant
les répits de l'amour ils demeuraient nus, fenêtres ouvertes, à
respirer les miasmes qui montaient des carcasses de bateaux
et le remugle de merde de la baie, écoutant dans les silences
du saxophone les bruits quotidiens du patio, la note unique
du crapaud sous les bananiers, la goutte d'eau sur la sépulture anonyme, le cours naturel de la vie qu'ils n'avaient pas
encore eu le temps de connaître.

Lorsque les parents de Nena Daconte rentrèrent, les jeunes gens avaient à ce point progressé dans l'art de l'amour qu'il n'y avait plus de place au monde pour autre chose, et qu'ils le faisaient à toute heure et en tout lieu, essayant à chaque fois de le réinventer. Au début, ils le firent du mieux qu'ils purent dans les voitures de sport qui apaisaient la culpabilité du papa de Billy Sánchez. Puis, lorsque ce fut trop facile pour eux dans les voitures, ils s'introduisirent de nuit dans les cabines désertes de Marbella où le destin les avait mis pour la première fois face à face, et pendant le carnaval de novembre, ils en arrivèrent même à se glisser déguisés dans les chambres du vieux quartier des esclaves de Getsemaní, sous la protection des maquerelles qui, quelques mois plus tôt, avaient dû supporter sans mot dire Billy Sánchez et sa bande de voyous. Nena Daconte s'adonna aux amours furtives avec une dévotion frénétique semblable à celle qu'elle avait jusque-là gaspillée à jouer du saxophone, au point que son vaurien domestiqué finit par comprendre ce qu'elle avait voulu lui dire en le défiant d'en user mieux qu'un nègre. Billy Sánchez répondit toujours et bien à son attente, et avec une ferveur égale à la sienne. Une fois mariés, ils accomplirent le devoir de l'amour pendant que les hôtesses dormaient au-dessus de l'Atlantique, pleurant de rire plus que de plaisir, enfermés non sans mal dans les toilettes de l'avion. Eux seuls savaient alors, vingt-quatre heures après leur mariage, que Nena Daconte était enceinte de deux mois.

Lorsqu'ils arrivèrent à Madrid, ils étaient loin de se sentir deux amants rassasiés mais avaient encore assez de réserve pour se conduire comme deux mariés jeunes et purs. Leurs parents avaient tout prévu. Avant qu'ils ne mettent pied à terre, un fonctionnaire du protocole monta à bord et, dans la cabine de première classe, remit à Nena Daconte le manteau de vison blanc ourlé d'un noir lumineux, cadeau de noces de ses parents. Il donna à Billy Sánchez une veste en mouton, dernière mode de l'hiver, et les clés sans aucun signe distinctif d'une voiture qui l'attendait comme une surprise à l'aéroport.

La mission diplomatique de leur pays les reçut dans les salons officiels. L'ambassadeur et son épouse étaient des amis de longue date des deux familles, et c'était le diplomate qui, en tant que médecin, avait aidé Nena Daconte à venir au monde. Il l'accueillit avec une gerbe de roses si éclatantes et si fraîches que les gouttes de rosée semblaient artificielles. Elle les remercia d'un baiser mutin, embarrassée par sa condition un peu prématurée de jeune mariée, et prit le bouquet de roses. C'est alors qu'elle se piqua le doigt à une épine mais se tira de ce mauvais pas par une phrase charmante.

« Je l'ai fait exprès, dit-elle, pour que vous admiriez mon alliance. »

Et la mission diplomatique tout entière admira la splendeur de la bague, qui avait dû coûter une fortune, non tant pour la valeur des diamants que pour son ancienneté bien conservée. En revanche, nul ne remarqua que son doigt s'était mis à saigner, car l'attention de tous s'était portée sur la nouvelle voiture. L'ambassadeur avait eu la délicatesse de la faire apporter à l'aéroport et envelopper dans de la cellophane nouée par une énorme faveur dorée. Billy Sánchez n'apprécia guère l'initiative. Il était à ce point impatient de voir la voiture qu'il arracha le papier d'un seul geste et en eut le souffle coupé. C'était une Bentley décapotable dernier modèle, capitonnée de cuir véritable. Le ciel ressemblait à un manteau de cendres, de la sierra de Guadarrama soufflait une bise glaciale, toute la délégation était exposée à l'intempérie, mais Billy Sánchez n'avait pas encore la notion du froid. Sans voir que tout le monde était en train de se geler par courtoisie à leur égard, il obligea la mission diplomatique à rester à découvert jusqu'à ce qu'il eût fini d'inspecter les moindres recoins de la voiture. Puis l'ambassadeur prit place à son côté pour lui indiquer le chemin de la résidence où un déjeuner les attendait. Il lui montra en route les endroits les plus célèbres de la ville, mais Billy Sánchez ne semblait s'intéresser qu'à la magie de l'automobile.

C'était la première fois qu'il quittait son pays. Il avait fait le tour de tous les établissements d'enseignement privés et publics, redoublant toujours la même classe pour finir par baguenauder sur un nuage de désamour. En voyant pour la première fois une ville autre que la sienne, les pâtés de maisons couleur de cendre éclairés en plein jour, les arbres dénudés, la mer lointaine, il se sentait gagné par un sentiment grandissant de désarroi qu'il s'efforçait de tenir loin de son cœur. Toutefois, quelques instants plus tard, il se prit sans s'en rendre compte au premier piège de l'oubli. Une tempête soudaine et silencieuse s'était abattue, la première de la saison, et quand ils quittèrent la résidence de l'ambassadeur pour prendre la route de la France, la ville était recouverte d'une neige étincelante. Billy Sánchez en oublia la voiture et, devant tout le monde, se mit à crier de joie, à s'asperger de poussière de neige, allant même jusqu'à se rouler avec son manteau au milieu de la chaussée.

C'est en quittant Madrid, au cours d'une après-midi devenue transparente une fois la tourmente passée, que Nena Daconte remarqua pour la première fois que son doigt saignait. Elle s'en étonna, car elle avait accompagné au saxophone l'épouse de l'ambassadeur qui aimait chanter des airs d'opéra en italien après les déjeuners officiels, et c'est à peine si elle avait senti une gêne à l'annulaire. Plus tard, alors qu'elle indiquait à son mari les routes les plus courtes pour rejoindre la frontière, elle portait sans même s'en rendre compte son doigt à sa bouche chaque fois qu'il saignait, et ce n'est qu'en atteignant les Pyrénées qu'elle eut l'idée de chercher une pharmacie. Puis elle céda au manque de sommeil des derniers jours et, lorsqu'elle s'éveilla avec, comme dans un cauchemar, la sensation que la voiture roulait dans l'eau, pendant un long moment elle ne pensa même pas au mouchoir enroulé autour de son doigt. La pendule lumineuse du tableau de bord indiquait trois heures passées et, après un rapide calcul, elle comprit qu'ils avaient dépassé Bordeaux, Angoulême et Poitiers et qu'ils devaient être en train de traverser une digue inondée par les crues de la Loire. La clarté lunaire perçait le brouillard et, entre les pins, les silhouettes des châteaux semblaient surgir d'un conte de fées. Nena Daconte, qui connaissait la région par cœur, calcula qu'ils devaient être à trois heures de Paris, et s'avisa que Billy Sánchez, imperturbable, n'avait pas quitté le volant.

« Tu es un sauvage, lui dit-elle. Tu conduis depuis plus de onze heures sans rien avoir mangé. »

L'ivresse de la nouvelle voiture le tenait encore en haleine

et bien que dans l'avion il eût peu et mal dormi, il se sentait
tout à fait éveillé et plus en forme que jamais pour arriver à
Paris au petit matin.

« Avec ce que j'ai mangé à l'ambassade…, dit-il. Et il
ajouta contre toute logique : et puis, tu sais, à Cartagena, on
sort tout juste du cinéma. Il n'est que dix heures. »

Pourtant, Nena Daconte craignait de le voir s'endormir au
volant. Elle ouvrit un des innombrables paquets-cadeaux
qu'on leur avait offerts à Madrid et voulut lui mettre dans la
bouche un petit morceau d'orange confite. Il détourna la tête.

« Les hommes ne mangent pas de bonbons », dit-il.

Peu avant Orléans, la brume se dissipa et une lune en son
plein illumina les sillons enneigés. La circulation se fit plus
intense à cause des énormes camions qui se dirigeaient vers
Paris, transportant du vin ou des chargements de légumes.
Nena Daconte aurait bien voulu relayer son mari au volant,
mais elle n'osa même pas le lui suggérer car le premier jour
où ils étaient sortis ensemble, il avait déclaré que rien n'est
plus humiliant pour un homme que de se laisser conduire par
sa femme. Elle se sentait lucide après ces cinq heures de
sommeil ou presque, et elle était contente qu'ils ne fussent
pas descendus dans un hôtel de cette province française que
dans son enfance elle avait eu maintes fois l'occasion de visiter avec ses parents. « Il n'y a pas de plus beau paysage au
monde, disait-elle, mais on peut mourir de soif sans que personne vous tende un verre d'eau. » Elle en était à ce point
convaincue qu'elle avait pris une savonnette et un rouleau de
papier hygiénique dans la trousse de toilette, parce que dans
les hôtels français il n'y a jamais de savon et qu'en guise de
papier toilette on y trouve les journaux de la semaine précédente découpés en petits carrés et accrochés à un clou. La
seule chose qu'elle regrettait en cet instant était d'avoir
perdu une nuit d'amour. La réponse de son mari fut immé-
diate.

« J'étais juste en train de penser que ce doit être formi-
dable de baiser dans la neige, dit-il. Ici même si tu veux. »

Nena Daconte y songea pour de bon. Au bord de la route,
sous la lune, la neige avait l'air douillette et chaude, mais
à mesure qu'ils approchaient de la banlieue parisienne, la

circulation devenait plus dense, et il y avait des groupes d'usines éclairées et de nombreux ouvriers à bicyclette. Si ce n'avait été l'hiver, il eût fait déjà jour.

« Mieux vaut attendre Paris, dit Nena Daconte. Bien au chaud, dans un lit avec des draps propres, comme les gens mariés.

– C'est bien la première fois que tu te défiles, dit-il.

– C'est bien la première fois que nous sommes mariés », répliqua-t-elle.

Peu avant le lever du jour, ils se rafraîchirent le visage et se soulagèrent dans les toilettes d'une auberge au bord de la route et prirent un café avec des croissants chauds au comptoir où les routiers déjeunaient au gros rouge. Nena Daconte s'était rendu compte dans les toilettes que son chemisier et sa jupe étaient tachés de sang, mais elle n'avait même pas tenté de les laver. Elle jeta dans la poubelle le mouchoir trempé, glissa son alliance à son annulaire gauche et lava avec soin son doigt à l'eau et au savon. La piqûre était presque invisible. Cependant, à peine eurent-ils regagné la voiture qu'il se remit à saigner, et Nena Daconte laissa son bras pendre au-dehors, pensant que l'air glacé des terres labourées aurait les vertus d'un cautère. Ce fut tout aussi inutile, mais elle ne s'en inquiéta pas encore. « Si on voulait nous retrouver, ce serait très facile, dit-elle avec son charme naturel. On n'aurait qu'à suivre la trace de mon sang dans la neige. » Puis elle pensa à ce qu'elle venait de dire et son visage s'épanouit dans les premières lueurs de l'aube.

« Tu te rends compte, dit-elle : une trace de sang dans la neige de Madrid à Paris. Ça ferait une belle chanson, n'est-ce pas ? »

Elle n'eut pas le temps d'y réfléchir à deux fois. Lorsqu'ils atteignirent la banlieue parisienne, son doigt était une source intarissable et elle sentait son âme s'en aller par la blessure. Elle avait bien tenté d'arrêter l'écoulement avec le rouleau de papier hygiénique, mais il lui fallait plus de temps pour panser son doigt que pour jeter par la fenêtre les bandes de papier ensanglanté. Ses vêtements, son manteau, les sièges de la voiture s'en imprégnaient peu à peu d'une irréparable façon. Billy Sánchez prit peur et insista pour trouver une pharmacie mais Nena Daconte savait déjà que ce n'était plus une affaire d'apothicaire.

« Nous sommes presque à la porte d'Orléans, dit-elle. Continue tout droit par l'avenue du Général-Leclerc, la plus large, celle qui a beaucoup d'arbres, et je te dirai après par où il faut passer. »

Ce fut le parcours le plus difficile de tout le voyage. Sur l'avenue du Général-Leclerc il y avait un embouteillage infernal de petites voitures et de motocyclettes, des bouchons dans tous les sens et d'énormes camions qui tentaient de se frayer un passage jusqu'aux halles. Le tintamarre inutile des klaxons énerva Billy Sánchez au point qu'il insulta plusieurs automobilistes dans sa langue de vaurien et voulut même descendre de voiture pour se battre avec l'un d'eux, mais Nena Daconte parvint à le persuader que si les Français étaient les gens les plus grossiers de la terre, ils ne se battaient jamais. Ce fut une preuve de plus de son bon sens car au même moment elle employait toutes ses forces pour ne pas perdre connaissance.

Il leur fallut plus d'une heure pour se dégager du Lion de Belfort. Les cafés et les magasins étaient éclairés comme en pleine nuit en ce mardi gris et sale de janvier, si parisien sous ce crachin tenace qui ne parvenait pas à se transformer en neige. Mais l'avenue Denfert-Rochereau était dégagée et, quelques centaines de mètres plus loin, Nena Daconte dit à son mari de tourner à droite et de garer la voiture devant l'entrée des urgences d'un hôpital immense et sombre.

Elle eut besoin d'aide pour descendre de voiture mais ne perdit ni son calme ni sa lucidité. En attendant le médecin de garde, elle répondit, allongée sur un brancard, au questionnaire de routine de l'infirmière sur son identité et ses antécédents médicaux. Billy Sánchez lui apporta son sac, serra sa main gauche où elle avait passé l'alliance, la trouva languide et froide et remarqua que ses lèvres avaient perdu leur couleur. Il demeura près d'elle, tenant sa main dans la sienne, jusqu'à l'arrivée du médecin de garde qui examina rapidement le doigt blessé. C'était un homme très jeune, chauve, à la peau couleur de cuivre patiné. Nena Daconte ne fit pas attention à lui et adressa à son mari un sourire livide.

« N'aie pas peur, dit-elle avec son humour invincible. La seule chose qui puisse m'arriver c'est que ce cannibale me coupe la main pour la manger. »

Le médecin termina son examen, et ils furent surpris de l'entendre s'exprimer dans un espagnol très correct quoique mâtiné d'un curieux accent asiatique.

« Non, *muchachos*, dit-il. Ce cannibale préférerait mourir de faim plutôt que de couper une main aussi belle. »

Ils se récrièrent, mais le docteur les rassura d'un geste aimable et donna l'ordre d'emmener le chariot. Billy Sánchez voulut les suivre, la main dans celle de sa femme. Le médecin le retint par le bras.

« Pas vous, lui dit-il. On l'emmène en salle de soins intensifs. »

Nena Daconte sourit de nouveau à son époux et le suivit du regard en lui adressant un petit signe de la main avant de disparaître sur le chariot au fond du couloir. Le médecin s'attarda à regarder les renseignements que l'infirmière avait notés sur une tablette. Billy Sánchez l'appela.

« Docteur, dit-il, elle est enceinte.

– De combien?

– De deux mois. »

Le médecin n'y attacha pas autant d'importance que Billy Sánchez l'aurait souhaité. « Vous avez bien fait de me prévenir », dit-il, et il s'en alla. Billy Sánchez resta debout au milieu de la salle lugubre qui sentait la sueur de malade, ne sachant que faire, regardant le couloir vide par où avait disparu Nena Daconte, puis il s'assit sur un banc de bois où d'autres personnes attendaient. Il n'eut aucune idée du temps qu'il y passa, mais quand il se décida à partir la nuit était de nouveau tombée et il bruinait encore. Accablé par le poids du monde, il ne savait toujours pas quoi faire de lui-même.

Nena Daconte entra à l'hôpital le mardi 7 janvier à 9 h 30, comme je pus le constater de nombreuses années plus tard en consultant les archives. La première nuit, Billy Sánchez dormit dans sa voiture garée devant le porche des urgences et le lendemain matin, très tôt, il avala six œufs durs et deux tasses de café au lait dans le bistrot le plus proche, car il n'avait pas pris de vrai repas depuis Madrid. Puis il retourna aux urgences pour voir Nena Daconte, mais on lui fit comprendre qu'il devait passer par l'entrée principale. Là, on finit par trouver un Espagnol des Asturies qui travaillait dans le service et qui l'aida à se faire comprendre du portier, lequel lui confirma que Nena Daconte figurait bien sur le registre de l'hôpital mais que, là où elle se trouvait, les visites n'étaient autorisées que le mardi de 9 heures à 16 heures, c'est-à-dire six jours plus tard. Il voulut voir le médecin qui parlait espagnol et qu'il décrivit comme un Noir chauve, mais personne ne tint compte de deux détails aussi simples.

Rassuré de savoir que Nena Daconte se trouvait bien sur le registre, il revint là où il avait laissé la voiture, et un agent de la circulation l'obligea à se garer un peu plus loin, dans une rue étroite, du côté des numéros impairs. Sur le trottoir d'en face, un immeuble ravalé portait une enseigne, « Hôtel Nicole ». Il n'avait qu'une étoile et un minuscule salon avec, pour seuls meubles, un canapé et un vieux piano droit, mais le propriétaire, un homme à la voix de crécelle, pouvait s'entendre avec ses clients en n'importe quelle langue pourvu qu'ils aient de quoi payer. Billy Sánchez s'installa avec ses onze valises et ses neuf paquets-cadeaux dans la seule chambre libre, une mansarde triangulaire au neuvième étage, dans laquelle on entrait à bout de souffle après avoir gravi un escalier en colimaçon qui sentait le chou-fleur bouilli. Les murs étaient recouverts d'un papier triste et par l'unique fenêtre ne pénétrait que la clarté trouble de la cour intérieure. Il y avait un lit à deux places, une grande armoire, une chaise toute simple, un bidet portatif, une table de toilette avec une cuvette et un broc, si bien que la seule manière de tenir dans la chambre était de se coucher sur le lit. Tout était plus délabré que vieux, encore que très propre et avec un relent salutaire de médicament récent.

La vie entière n'aurait pas suffi à Billy Sánchez pour déchiffrer les énigmes de ce monde fondé sur le génie de la radinerie. Il ne comprit jamais le mystère de la lumière de l'escalier qui s'éteignait avant que l'on n'arrive à l'étage, pas plus qu'il ne découvrit comment la rallumer. Il lui fallut presque toute une matinée pour apprendre que sur chaque palier il y avait une petite pièce avec des cabinets, et il s'était résigné à les utiliser dans les ténèbres lorsqu'il découvrit par hasard qu'on pouvait allumer en poussant le verrou de l'intérieur afin que personne n'oublie d'éteindre en sortant. La douche, qui se trouvait à l'autre extrémité du couloir et qu'il s'entêtait à utiliser deux fois par jour comme dans son pays, se payait à part et comptant, et l'eau chaude, contrôlée par la direction, était coupée toutes les trois minutes. Cependant, Billy Sánchez eut assez de jugeote pour comprendre que cet ordre si différent du sien valait tout de même mieux que le mauvais temps de janvier, mais il se sentait si indigné et si seul qu'il ne pouvait concevoir comment il lui avait été possible de vivre sans la protection de Nena Daconte.

A peine arrivé dans sa chambre, le mercredi matin, il se jeta à plat ventre sur le lit sans même ôter son manteau, pensant à la créature prodigieuse qui continuait à se vider de son sang de l'autre côté de la rue, et il sombra aussitôt dans un sommeil si naturel que lorsqu'il s'éveilla, sa montre marquait cinq heures et qu'il ne sut pas de quel soir, de quel matin, de quel jour, de quelle semaine ni de quelle ville aux fenêtres fouettées par le vent et la pluie. Éveillé au fond de son lit et songeant à Nena Daconte, il attendit de voir poindre le jour. Alors, ils descendit prendre son petit déjeuner dans le même café que la veille et il apprit qu'on était jeudi. L'hôpital était éclairé et il avait cessé de pleuvoir, de sorte que, dans l'espoir de retrouver le docteur asiatique qui avait emmené Nena Daconte, il resta adossé au tronc d'un marronnier devant la porte principale par où entraient et sortaient des médecins et des infirmières en blouse blanche. Il ne le vit ni ce matin-là, ni après le déjeuner, et dut renoncer à l'attendre car il était gelé. Vers sept heures du soir, il but un autre café au lait et mangea deux œufs durs qu'il prit sur le comptoir, ayant ainsi depuis quarante-huit heures avalé la même chose au même endroit. Lorsqu'il rentra se coucher à l'hôtel, il ne vit que sa voiture contre le trottoir, une contravention collée sur le pare-brise, car toutes les autres étaient garées en face. Le portier de l'hôtel Nicole mit un bon bout de temps à lui expliquer que les jours impairs il fallait se garer du côté des numéros impairs et les autres jours de l'autre côté. De tels artifices rationalistes étaient tout à fait incompréhensibles pour un Sánchez de Ávila de pure race qui, à peine deux ans plus tôt, avait embouti un cinéma de quartier avec la voiture de fonction du maire et provoqué des dégâts mortels sous les yeux des policiers impassibles. Il comprit encore moins lorsque le portier de l'hôtel lui conseilla de payer sa contravention mais de ne pas changer maintenant sa voiture de place parce qu'il lui faudrait faire la même chose après minuit. Au petit matin, pour la première fois, il n'eut pas pour seule pensée Nena Daconte et se tournant et se retournant dans son lit sans pouvoir trouver le sommeil, il revécut ses nuits de désœuvrement dans les bouges de pédés du marché de Cartagena del Caribe. Il pensa à la saveur du poisson frit et du riz au coco dans les tavernes du quai où accostaient les gabares d'Aruba. Il pensa à sa maison aux murs couverts de bougainvillées où il devait être sept heures du soir de la veille, et vit son père en pyjama de soie qui prenait le frais sur la terrasse en lisant son journal.

Il pensa à sa mère, introuvable quelle que fût l'heure, sa mère provocante et pareille à un fruit, une rose glissée à l'oreille et vêtue d'une robe de fête dès que le soir tombait, étouffant de chaleur dans l'oppressante splendeur de ses atours. Un soir, quand il avait sept ans, il était entré à l'improviste dans sa chambre et l'avait surprise au lit, nue, avec un de ses amants de passage. Cette découverte, dont ils n'avaient jamais parlé, avait établi entre eux une relation de complicité plus utile que l'amour. Toutefois, il n'en fut pas conscient, pas plus qu'il ne le fut de toutes les choses terribles de sa solitude de fils unique, jusqu'à cette nuit où il se tournait et se retournait dans le lit d'une mansarde triste de Paris, sans personne à qui raconter ses malheurs et dans une rage noire contre lui-même car il ne tolérait pas d'avoir envie de pleurer.

Ce fut une insomnie fructueuse. Le vendredi, il se leva courbatu par la nuit blanche mais résolu à se prendre en charge. Il se décida enfin à fracturer les serrures de sa valise pour changer de vêtements car les trousseaux de clés étaient dans le sac de Nena Daconte, ainsi que presque tout l'argent et le répertoire où il aurait sans doute pu trouver le numéro de téléphone d'une connaissance à Paris. Au café habituel, il s'aperçut qu'il avait appris à dire bonjour en français et à commander des sandwiches au jambon et du café au lait. Il savait aussi qu'il ne pourrait jamais commander du beurre ou des œufs parce qu'il n'apprendrait jamais à prononcer ces mots, mais on lui servait toujours du beurre avec le pain et il pouvait prendre des œufs durs sur le comptoir sans avoir à les demander. Au bout de trois jours, les garçons, qui commençaient à le connaître, l'aidaient à se faire comprendre, de sorte que le vendredi midi, alors qu'il essayait de reprendre ses esprits, il commanda un bifteck frites et une bouteille de vin. Il se sentit si bien qu'il en commanda une deuxième, en but la moitié, et traversa la rue d'un pas ferme, décidé à pénétrer de force dans l'hôpital. Il ne savait pas où trouver Nena Daconte, mais l'image providentielle du médecin asiatique était restée gravée dans sa mémoire, et il était sûr de le retrouver. Il pénétra par la porte des urgences plutôt que par la porte principale, car elle lui avait paru moins surveillée, mais il ne put aller au-delà du couloir où Nena Daconte lui avait dit au revoir d'un geste de la main. Un surveillant, la blouse tachée de sang, lui demanda quelque chose au passage et il fit la sourde oreille. L'homme le suivit en répétant la même question en français, et à la fin l'attrapa par le bras avec une telle force qu'il l'arrêta net. Billy Sánchez essaya de se dégager par une prise secrète de sa bande de voyous mais le surveillant lui lança une bordée d'injures, l'immobilisa par une clé au bras et, sans cesser d'outrager sa putain de mère, reconduisit de force jusqu'à la sortie un Billy Sánchez enragé par la douleur, et le jeta comme un paquet de linge sale au milieu de la rue.

Cette après-midi-là, endolori par la correction reçue, Billy Sánchez commença à devenir adulte. Il décida, comme l'eût fait Nena Daconte, de faire appel à son ambassadeur. Le portier de l'hôtel qui, en dépit de son air bougon, était serviable et fort patient avec les étrangers chercha dans l'annuaire l'adresse et le numéro de téléphone de l'ambassade et les lui écrivit sur une carte. Une femme très aimable lui répondit et, à sa voix posée et terne, il reconnut d'emblée la diction des Andes. Il commença par décliner son nom, convaincu que ses deux patronymes impressionneraient son interlocutrice, mais la voix au téléphone ne s'altéra pas. Il l'écouta réciter par cœur sa leçon : Monsieur l'Ambassadeur n'était pas dans son bureau en ce moment, on ne l'attendait pas avant le lendemain, et de toute façon il ne recevait que sur rendez-vous et dans des cas très particuliers. Billy Sánchez comprit alors que cette voix ne le conduirait jamais jusqu'à Nena Daconte, remercia sur le même ton aimable avec lequel on lui avait fourni ces informations puis prit un taxi et se rendit à l'ambassade.

Elle se trouvait au numéro 22 de la rue de l'Élysée, dans l'un des quartiers les plus paisibles de Paris, mais la seule chose qui impressionna Billy Sánchez, d'après ce qu'il me raconta lui-même à Cartagena de Indias bien des années plus tard, ce fut le soleil qui, pour la première fois depuis son arrivée, était aussi clair qu'aux Caraïbes, et la tour Eiffel dressée au-dessus de la ville dans un ciel radieux. Le fonctionnaire qui le reçut à la place de l'ambassadeur semblait tout juste remis d'une maladie mortelle, non tant par son costume de laine noire, son col oppressant et sa cravate de deuil, que par la retenue de ses gestes et la mansuétude de sa voix. Il comprit l'angoisse de Billy Sánchez mais lui rappela, sans se départir de sa douceur, qu'il se trouvait dans un pays civilisé dont les règles strictes puisaient à la source de principes aussi anciens que sages, à l'inverse des Amériques barbares où il suffisait de soudoyer un portier pour entrer dans un hôpital. « Non, mon cher petit », lui dit-il. Il n'y avait rien d'autre à faire que de se soumettre à l'empire de la raison et d'attendre mardi.

« Après tout, il ne reste que quatre jours, ajouta-t-il pour conclure. En attendant, allez donc au Louvre. Ça en vaut la peine. »

En sortant, Billy Sánchez se retrouva sur la place de la Concorde, désemparé. Il vit la tour Eiffel au-dessus des toits et elle lui parut si proche qu'il voulut la rejoindre en prenant par les quais. Mais il s'aperçut très vite qu'elle était plus loin qu'il n'y paraissait, et que chaque fois qu'il croyait l'avoir trouvée elle avait changé de place. Alors, il se remit à penser à Nena Daconte, assis sur un banc au bord de la

Seine. Il vit passer les péniches sous les ponts, et trouva qu'elles ressemblaient non pas à des bateaux mais à des maisons errantes avec leurs toits colorés, leurs fenêtres aux rebords garnis de jardinières et le linge étendu sur des cordes au-dessus des grandes planches. Il contempla un long moment un pêcheur immobile, sa canne immobile et sa ligne immobile tendue dans le courant, puis il se lassa d'attendre de voir quelque chose bouger et, comme il commençait à faire nuit, il décida de prendre un taxi et de rentrer à l'hôtel. Alors, il s'aperçut qu'il en ignorait le nom et l'adresse, et qu'il n'avait pas la moindre idée du quartier de Paris où se trouvait l'hôpital.

Pris de panique, il entra dans le premier café venu, commanda un cognac et tenta de mettre de l'ordre dans ses pensées. Tandis qu'il réfléchissait, il distingua son image reflétée à l'infini et sous des angles différents dans les miroirs des murs, se vit livré à la solitude et à la peur et, pour la première fois depuis sa naissance, pressentit la réalité de la mort. Au second verre, il allait mieux et eut l'idée providentielle de retourner à l'ambassade. Il chercha au fond de sa poche la carte où était inscrit le nom de la rue et découvrit, imprimés au verso, le nom et l'adresse de l'hôtel. Il fut à ce point bouleversé par cette expérience qu'il demeura toute la fin de la semaine dans sa chambre, et n'en sortit que pour aller manger et changer la voiture de trottoir. Pendant trois jours, le crachin poisseux qu'ils avaient trouvé au matin de leur arrivée tomba sans répit. Billy Sánchez, qui n'avait jamais terminé un livre, aurait voulu en avoir un pour ne pas rester là, allongé sur le lit à s'ennuyer, mais ceux qu'il trouva dans les bagages de sa femme étaient écrits dans une autre langue que l'espagnol. De sorte qu'il attendit le mardi, les yeux fixés sur les paons du papier peint et sans cesser une seule seconde de penser à Nena Daconte. Le lundi, il mit un peu d'ordre dans la chambre en songeant à ce qu'elle dirait si elle la trouvait dans cet état, et découvrit soudain les taches de sang séché sur le manteau de vison. Il passa l'après-midi à le laver avec la savonnette qu'il avait trouvée dans la trousse de toilette, jusqu'à lui redonner son aspect original, lorsqu'on l'avait monté à bord de l'avion, à Madrid.

Le mardi, le jour se leva brumeux et glacé, mais il ne pleuvait plus. Billy Sánchez fut debout à six heures et se rendit à la porte de l'hôpital où une foule de parents, les bras chargés de paquets et de fleurs, faisaient déjà la queue. Il entra dans un piétinement précipité, le manteau de vison sur le bras, sans poser de questions et sans la moindre idée d'où pouvait être Nena Daconte, mais convaincu dans son for intérieur qu'il allait retrouver le médecin asiatique. Il traversa une grande cour pleine de fleurs et d'oiseaux sur laquelle donnaient les pavillons des malades, les femmes à droite et les hommes à gauche. Il suivit les visiteurs et s'engagea dans le pavillon des femmes. Il vit, dans la clarté qui entrait par les fenêtres, une longue file de malades assises sur leur lit, vêtues de la seule chemise de toile de l'hôpital, et il pensa que tout était beaucoup plus gai que ce qu'il avait imaginé du dehors. Parvenu à l'extrémité de la salle, il revint sur ses pas, la parcourut en sens inverse jusqu'à être bien sûr qu'aucune des malades n'était Nena Daconte. Puis il se rendit de nouveau sous la galerie de la cour et, en regardant par les fenêtres à l'intérieur du pavillon des hommes, il crut tout à coup reconnaître le médecin qu'il cherchait.

C'était lui en effet. Entouré de confrères et de plusieurs infirmières, il examinait un patient. Billy Sánchez entra dans le pavillon, écarta d'un geste l'une des infirmières et se planta devant le médecin asiatique penché au-dessus de son malade. Il l'interpella. Le médecin lui adressa un regard affligé, réfléchit quelques secondes et soudain le reconnut.

« Mais où diable étiez-vous donc passé? » dit-il.

Billy Sánchez demeura interdit.

« A l'hôtel, répondit-il. Tout près d'ici. »

Alors il sut. Nena Daconte était morte vidée de son sang le jeudi 9 janvier à 7 h 10 du matin, après que les meilleurs spécialistes français lui eurent consacré soixante-dix heures d'efforts inutiles. Jusqu'à l'instant ultime elle était restée lucide et sereine. Elle avait donné des instructions pour que l'on cherchât son mari à l'hôtel Plaza Athénée où une chambre avait été réservée à leur nom, et fourni tous les détails pour que l'on puisse prévenir ses parents. L'ambassade avait été avertie le vendredi par un télégramme du

ministère des Affaires étrangères que les parents de Nena
Daconte étaient en route pour Paris. L'ambassadeur en personne s'était chargé des démarches pour la faire embaumer
et de l'organisation des funérailles, et il était resté en contact
permanent avec la préfecture de police de Paris pour retrouver Billy Sánchez. Un appel urgent le concernant avait été
diffusé par la radio et la télévision du vendredi soir au
dimanche et, pendant quarante heures, il avait été l'homme le
plus recherché de France. Sa photo, trouvée dans le sac à
main de Nena Daconte, avait été affichée partout. On avait
bien retrouvé trois Bentley décapotables du même modèle,
mais aucune n'était la sienne.

Les parents de Nena Daconte étaient arrivés le samedi
midi et avaient veillé la dépouille mortelle de leur fille dans
la chapelle de l'hôpital, espérant jusqu'au dernier moment
que Billy Sánchez viendrait. Les parents de celui-ci, préve-
nus, étaient sur le point de prendre l'avion lorsqu'une erreur
de télégramme les avait obligés à se désister au dernier
moment. Les funérailles avaient eu lieu le dimanche à
2 heures de l'après-midi, à deux cents mètres à peine de la
chambre sordide où Billy Sánchez agonisait de solitude et
d'amour pour Nena Daconte. Le fonctionnaire qui l'avait
reçu à l'ambassade me raconta, des années plus tard, qu'il
avait eu connaissance du télégramme de son ministère une
heure après que Billy Sánchez avait quitté l'ambassade et
qu'on l'avait cherché dans tous les bars feutrés du faubourg
Saint-Honoré. Il m'avoua ne pas s'être, sur le moment, inté-
ressé à son sort car il ne pouvait imaginer que ce provincial
abasourdi par la nouveauté de Paris, affublé de cette veste en
peau de mouton qui lui allait si mal, pouvait appartenir à une
famille aussi illustre. Le soir de ce même dimanche, alors
que Billy Sánchez se sentait gagné par des larmes de rage,
les parents de Nena Daconte abandonnaient les recherches et
emportaient dans un cercueil métallique le corps embaumé
de leur fille, et ceux qui purent l'approcher ne cessèrent de
raconter, pendant de nombreuses années, que jamais ils
n'avaient vu de femme aussi belle, vivante ou morte. De
sorte que, lorsque Billy Sánchez pénétra enfin dans l'hôpital
le mardi matin, Nena Daconte reposait déjà dans le triste

caveau de famille du cimetière de la Manga, à quelques mètres de la maison où ils avaient commencé à déchiffrer le code secret du bonheur. Le médecin asiatique qui mit Billy Sánchez au courant de la tragédie voulut lui prescrire des calmants mais celui-ci refusa. Il partit sans dire au revoir, sans le moindre motif de remerciement, en pensant que la seule chose dont il avait besoin était de casser la figure à quelqu'un à coups de chaîne pour se venger de son malheur. Lorsqu'il quitta l'hôpital, il ne vit même pas qu'il tombait du ciel une neige sans trace de sang dont les flocons tendres et purs ressemblaient au duvet d'une colombe et que les rues de Paris avaient un air de fête parce que c'était la plus grande chute de neige depuis dix ans.

1976

Table

Pourquoi douze, pourquoi des contes et pourquoi vagabonds 7

Bon voyage, monsieur le Président 13

La sainte 38

L'avion de la belle endormie 52

Un métier de rêve 59

Je ne voulais que téléphoner 66

Épouvantes d'un mois d'août 82

María dos Prazeres 86

Dix-sept Anglais empoisonnés 101

Tramontane 114

L'été heureux de Mme Forbes 120

La lumière est comme l'eau 133

La trace de ton sang dans la neige 137

Composition réalisée par INFOPRINT

Imprimé en France sur Presse Offset par

BRODARD & TAUPIN

GROUPE CPI

La Flèche (Sarthe).
N° d'imprimeur : 26781 – Dépôt légal Éditeur : 53535-01/2005
Édition 09
LIBRAIRIE GÉNÉRALE FRANÇAISE – 31, rue de Fleurus – 75278 Paris cedex 06.

ISBN : 2 - 253 - 13747 - 2   ◈ 31/3747/8